LE COLLIER DE DIAMANTS

par

Auguste Lepage

N° 1

Le

Collier

DE

Diamants

Par Auguste **LEPAGE**

PARIS

E. BERNARD et Cie, IMPRIMEURS-ÉDITEURS

29, Quai des Grands-Augustins, 29

Droits de Traduction et de Reproduction réservés.

LE

Collier de Diamants

I

Le train de onze heures et demie s'arrêtait à Massy, quelques personnes en descendirent, venant de Paris, trois ou quatre campagnards qui se hâtaient de rentrer pour les travaux — on était aux premiers jours de juin, le temps avait été mauvais tout le mois de mai, il fallait profiter du soleil — et deux jeunes gens, des parisiens certainement, qui s'étaient sans doute arêtés là sans motif, n'ayant rien à faire et cherchant à passer la journée sans s'ennuyer trop.

Après avoir remis leurs billets à un employé, ils demeurèrent un instant sur le quai d'arrivée, lui, regardant de tous les côtés comme s'il cherchait à s'orienter, elle, les yeux fixés au bout de son ombrelle dessinant sur le sable des dessins fantaisistes.

— Vois donc, Marguerite quel beau point de vue, dit-il en indiquant avec sa canne la vallée de la Bièvre. Si tu veux, nous irons de ce côté chercher une maison.

— Où tu voudras, cela m'est tout à fait indifférent,

répondit la jeune femme sans même jeter un coup d'œil sur le coin de paysage qui paraissait séduire son compagnon.

— Si tu n'y tiens pas, je ne veux pas t'imposer mes goûts? fit-il en la contemplant avec une passion qui se devinait dans ses yeux, sur toute sa physionomie.

— Tu m'affirmes que l'air de la campagne sera favorable à ma santé, toi tu aimes les fleurs, les prés, les grands arbres, choisis donc notre nid, comme tu dis, et procédons à notre installation, car ces courses à la recherche d'une maison me fatiguent et finissent par ne plus m'intéresser.

Elle avait parlé d'un ton de mauvaise humeur.

— Restons à Paris si tu préfères? répondit-il.

— Ah, non par exemple! à Paris il n'y a pas de nid, pour les amoureux, pas de jardins fleuris, pas de tonnelles pleines d'ombre, pas de grands bois, tout cela inondé de soleil, comme en ce moment. Notre santé avant tout.

— Avant de nous mettre en route, allons déjeuner, dit-il, voilà à deux pas une tonnelle; puisque tu viens de prononcer ce mot, et des arbres sous lesquels on voit des tables.

Il marcha vers le restaurant suivi par sa compagne qui lui emboîtait le pas. Les employés de la gare avaient passé de l'autre côté de la voie, l'un dit à son collègue :

— En voilà qui vont mieux s'amuser que nous aujourd'hui.

— Ce n'est peut-être pas plus sûr que ça, répondit philosophiquement le collègue qui était en train de manger un morceau de pain, avec dessus, du fromage de roquefort.

— C'est égal je voudrais bien être dans la peau du bonhomme jusqu'à demain matin. Elle est jolie sa femme.

Il faisait claquer sa langue et ses petits yeux noirs brillaient de convoitise.

Le couple s'installa à une table de bois blanc peinte en vert; la jeune femme, après examen ayant refusé d'entrer sous la tonnelle :

— On ne voit rien à travers cette muraille de verdure.

— Mais on a l'avantage de n'être point vu, mon amie.

— Qu'est-ce que cela peut nous faire? Nous ne sommes pas ici pour nous dissumuler.

Une haie les séparait d'une chaussée assez étroite longeant la voie ferrée. Ils voyaient en face, les trains se dirigeant vers Limours ou filant sur Paris, de rares voyageurs en descendaient et sans se presser se dirigeaient pédestrement vers la vallée de la Bièvre, à Vilaines, Amblainvillier, Verrière, causant du temps et des récoltes.

Ces habitués étaient curieux à étudier et isolés ou en groupes, avaient des physionomies spéciales à la profession de chacun d'eux. Les cultivateurs et les jardiniers, hommes ou femmes, se racontaient les motifs de leur voyage à Paris; selon leur fortune ils

parlaient plus ou moins haut, émettant des idées qui
ne supportaient aucune observation, car chez beaucoup de villageois comme chez les citadins, être riche
suppose un savoir étendu, avoir le droit de parler de
choses qu'ils n'ont jamais apprises, de donner avis et
conseils sur tout ce qui est en dehors de leur compé-
tence. On les écoute, on les admire et cette complaisance des besogneux finit par leur persuader qu'ils
sont réellement d'une essence supérieure à une partie
de l'humanité; et savent tout.

Puis parmi les naturels du pays, les Parisiens qui
y ont loué une maison, ceux qui ont acquis un immeuble avec un jardin, et vont chaque jour à Paris
où ils sont employés dans un ministère ou une maison de commerce; quelques équipages paraissent,
conduisant à la gare des riches, notaires ou autres,
réguliers comme les plus modestes plumitifs. Il y a
des silencieux et de terribles bavards; des modestes
et des prétentieux grotesques que l'on fuit lorsqu'on
les aperçoit dans l'auréole de leur solennelle stupi-
dité, arriver lentement sur le quai, affectant d'être
absorbés dans la lecture d'un livre ou d'un article de
journal.

Quelques rares toilettes donnent une note gaie au
milieu des vêtements sombres, et de gracieuses figu-
res de jeunes filles s'épanouissent souriantes et fraîches, au milieu des faces hâlées et sillonnées de rides
des villageois, pareilles à des fleurs éclatantes sur la
monotonie triste d'une friche au gazon rare et gri-
sonnant.

Au flanc du coteau, de l'autre c té de la vallée de la Bièvre, le village de Verrières avec ses maisons entourées de jardins en fleurs, dominant un domaine aristocratique, et les bois couronnant les hauteurs de leurs masses épaisses, éclairées par un soleil éblouissant. Au milieu de cette vigueur du renouveau, de cette orgie de vie et de verdure, les chênes retardataires formaient des points noirs au milieu des futaies. La sève dans leurs troncs puissants et leur branchage vigoureux, montait avec lenteur, et ils ne montraient leurs feuilles que lorsque les autres arbres, petits et grands, étaient recouverts de leur manteau d'émeraude.

En regardant, distraits et songeurs, le paysage, les deux jeunes gens assis l'un à côté de l'autre mangeaient. Elle du bout des lèvres mordillant une côtelette dont elle laissa une partie au chien de la maison qui venait rôder autour de la table cherchant à attraper quelques bribes du repas, lui dévorant un bifteck accompagné de pommes de terre; puis une salade et un fromage. A manger avec cette voracité il avait la figure rouge, les yeux luisants et humides d'un homme heureux. Sa compagne à chaque instant, laissait tomber sur lui un regard inquiet, et détournait brusquement la tête quand il s'interrompait pour lui parler.

Il ne s'apercevait de rien, content de satisfaire son appétit et la bouche pleine, les joues gonflées disait:

— Mange donc Marguerite ; serais-tu indisposée?

Elle faisait signe que non et il continuait de s'em-
piffrer.

Mais on devinait dans ses gestes comme une colère
rentrée, ou au moins une mauvaise humeur qui ne
voulait pas se manifester :

— Tu es fâché ? lui demanda sa compagne.

— Non. Tu sais bien qu'avec toi je ne me fâche
jamais, je t'aime trop. Seulement je suis désolé de
constater que depuis trois jours que nous cherchons
une maison de campagne tu es agacée, irritable.

— Que veux-tu, on a des moments de mauvaise
humeur.

— Sans doute, mais c'est la première fois que cela
t'arrive depuis notre mariage. A mes caresses tu
réponds froidement, tu n'es plus la femme aimante
et passionnée à laquelle je suis habitué. Est-ce que
tu souffres ?

— Non, un peu d'agacement.

— Cela t'a pris quand nous nous sommes, avant-
hier, arrêtés à Juvisy.

Marguerite pâlit, ses yeux brillèrent, elle ouvrit la
bouche pour répondre ; mais elle garda le silence. Il
continua :

— Et pourtant le pays est bien joli de ce côté ; tu
le connais ?

— Oui, trop, dit-elle, durement.

— Voyons, n'est-ce pas là que nous nous sommes
vus pour la première fois, que nous nous sommes
aimés. Je n'ai point oublié ce sentier ombreux où
belle comme tu l'es encore aujourd'hui, comme tu le

seras encore dans de nombreuses années, tu m'apparus telle une fée, la tête nimbée d'or, grâce à un rayon de soleil indiscret qui avait traversé le feuillage pour caresser de sa douce et brillante chaleur, ta tête et tes épaules. Je l'enviais, ce rayon de soleil inconscient de son bonheur.

Elle sourit à ce souvenir :

— Depuis tu as pris sa place, fit-elle.

— Oh oui, et si je n'ai pas son éclat, je possède quelques qualités qui lui manquent, je ne suis pas comme lui, impalpable et léger. Mais j'en viens toujours à Juvisy qui m'attire et me fait tout l'effet de te déplaire horriblement sans que je puisse comprendre pourquoi.

— Heureusement, dit-elle en haussant les épaules.

— Pourquoi heureusement. C'est là que nous avons échangé nos premières paroles et nos premiers baisers. Il me serait si agréable d'aller y habiter, de respirer cet air qui nous donnait la fièvre, faisait monter à tes joues un sang si vermeil et donnait à ton regard une vivacité qui me troublait.

— Ecoute, il faut en finir avec Juvisy. Il te rappelle et à moi également des heures d'ivresses et de folies amoureuses, mais il y a de mon côté, autre chose qui me fait détester ce coin si gracieux.

— Quoi donc ?

— As-tu oublié combien j'ai souffert lorsque j'habitais avec ma sœur et mon beau-frère, ce village où tu voudrais me reconduire. J'y ai été trop malheureuse et tu peux t'expliquer ma surprise et mon dépit, quand, avant-hier, tu me conduisis sans m'avoir avertie, à ce pays abhorré.

— Tu m'avais laissé libre de choisir le but de nos recherches.

— Je ne pensais pas que juste tu irais au seul endroit qui pût me déplaire. Enfin c'est fini. Je ne suis pas encore tout à fait remise de mon émotion, mais cela passera.

— Je l'espère, mais tu ne manges presque rien.

Ils étaient arrivés à la fin du repas.

Lorsque la faim du jeune homme fut apaisée, il demanda du café, alluma une pipe et quand un nuage de fumée déroula ses spirales qui disparaissaient doucement au-dessus de leurs têtes, il dit :

— Si nous étions chez nous je t'offrirais une cigarette; mais ici, devant des villageois, des ouvriers du chemin de fer, ce serait s'exposer à leurs moqueries.

— Tu peux toujours offrir...

— Quoi! tu accepterais?

— Certainement.

— Tu ne craindrais pas les réflexions saugrenues...

— D'imbéciles ou de goujats, cela m'est tout à fait indifférent. Donne-moi tes cigarettes.

Il chercha dans une poche et en sortit un paquet rose qu'il ouvrit et présenta ensuite à la jeune femme qui, de façon indolente et comme fatiguée par l'effort, avança une main blanche et potelée, aux doigts longs et minces et tira non sans peine, deux cigarettes de leur enveloppe.

Pendant qu'elle accomplissait cet acte, son compagnon la regardait, admirant son geste, son bras disparaissant sous une étoffe légère qui en laissait deviner la beauté ; les épaules à demi découvertes, la poitrine comprimée dans un corsage qui sous prétexte de la dissimuler la rendait plus provocante.

Comme tu es belle ! dit-il tout bas.

Elle laissa tomber sur lui un regard, un léger pli raya son front entre les sourcils.

— Il y a un an que tu me dis la même chose, répondit-elle.

— Cela prouve au moins que mon amour pour toi ne faiblit pas.

Elle eut un haussement d'épaules, ne répondit pas et alluma la cigarette qu'elle aspira doucement. La fumée bleue s'échappait de ses lèvres roses, lui enveloppait la figure et allait se mêler à sa chevelure brune abondante, ce qui faisait ressortir la pureté et la beauté de son front.

De l'autre côté de la haie passèrent quelques gamins qui s'arrêtèrent à regarder le couple.

— Tu vois, dit-il, tu attires l'attention de ces bonshommes par tes manières indépendantes.

— Vraiment, est-ce que leur opinion sur moi t'intéresse ?

— Non, mais enfin je préférerais que tu ne leur donnes pas un prétexte de raillerie.

— Mon pauvre ami tu t'inquiètes pour peu de chose. Ils cessèrent de se parler. Elle, le coude appuyé sur la table son menton à fossette posé sur la main qui tenait la cigarette dont elle faisait, d'un mouvement du petit doigt, tomber la cendre sur le sol, semblait penser à tout autre chose qu'à la banale conversation échangée avec son compagnon de table qui continuait de fumer sans détourner une seconde ses gros yeux bleus faïence de la splendide créature qu'il avait à son côté.

Après un quart d'heure de silence, il appela la servante, demanda l'addition, régla et d'un mouvement lourd, se mit sur ses jambes :

— Je suis ankylosé, dit-il en s'étirant.

— Et apoplectique, murmura-t-elle.

Il entendit et répliqua :

— C'est vrai que j'ai bien mangé et bien bu.

— Et tu es heureux.

— Oui, surtout quand tu es avec moi.

— Je suis le complément de ton repas.

Il rit, d'un gros rire :

— Tous les maris n'ont pas eu ma chance et ma foi, j'en profite. A présent de quel côté dirigeons-nous nos pas. Tu n'as pas de préférence?

— Non, ne connaissant pas le pays.

— Moi je le connais depuis longtemps dans ses moindres recoins descendons dans la vallée.

Ils quittèrent le restaurant, franchirent la voie ferrée sous le regard envieux des employés lesquels, une fois de plus, déclarèrent très enviable la situation de celui qui accompagnait la jeune femme, mari ou amant.

Les promeneurs suivirent un étroit chemin qui

longeait le pied du talus du chemin de fer, prirent un sentier conduisant directement au moulin de Verrières :

— Nous allons chercher une maison isolée ou à peu près, n'est-ce pas, Marguerite?

— Comme tu voudras, mon ami.

— Quel bon caractère tu as. Toujours de mon avis, pas taquine pour deux sous.

Elle sourit.

Ils se promenèrent, lui regardant les maisons à louer, elle le suivant, s'arrêtant quand il s'arrêtait, écoutant d'un air distrait ses réflexions, répondant oui ou non souvent sans avoir bien saisi le sens des paroles.

Brusquement il s'arrêta devant une porte au-dessus de laquelle était un écriteau : Maison à louer. Beau jardin.

— Voilà notre affaire! s'écria-t-il.

Elle regarda ; le spectacle réellement en valait la peine. La large entrée, était une grille très simple en fer à deux battants; les jambages en pierre de taille disparaissaient sous les glycines qui montaient et formaient comme un arc de verdure, s'allongeaient sur la crête du mur qui séparait la propriété de la voie publique, en un long et irrégulier enroulement de verdure. Au delà de la grille un jardin tout rempli de fleurs traversé par un sentier onduleux allant aboutir à un perron que l'on devinait mais qu'il était impossible d'apercevoir, puis le pignon de la maison avec des ouvertures qui eussent fait crier un architecte dont l'idéal est la ligne droite. Et partout une végétation exubérante grimpant jusqu'au sommet du toit pointu, encadrant fenêtres et œils-de-bœuf.

— Entrons-nous? demanda-t-il.

— Si tu veux, mon ami.

Il sonna. Un carillon se fit entendre :

— Mais ici rien n'est comme chez tout le monde.

— En effet, ces cloches...

— Sont tout simplement des cloches que dans les pâturages on attache au cou des vaches. Le propriétaire a préféré grouper trois ou quatre de ces instruments, au lieu de la banale sonnette dont le son est toujours le même, et produisent un vacarme qui doit agacer des voisins, attirer l'attention des passants.

On entendit des pas lourds sur le sable et au dernier tournant de l'allée parut une forte campagnarde qui regarda d'abord ceux qui la dérangeaient, son inspection leur fut sans doute favorable, car elle daigna sourire, introduisit une lourde clef dans la serrure massive, fit jouer le pène et tira un des battants de la grille.

— Nous désirons visiter l'immeuble, lui dit l'homme, mais avant tout : le prix de loyer?

— Mille francs, monsieur.

— Bien, conduisez-nous.

Elle les précéda vers la maison. Partout des corbeilles entourées d'ourlets d'œillets ou de lierre; des tulipiers, des houx, des fusains, des buissons d'aubépines, quelques peupliers.

— Voyons le jardin, d'abord, dit la jeune femme.

Le jardin étendu, de forme irrégulière, était entouré d'un mur assez élevé caché par des espaliers, puis des allées sinueuses, des arbres, dans les coins des tonnelles, des abris avec bancs et chaises en bois, au dossier contourné, tables de formes différentes suivant l'emplacement. On eut cru que l'auteur de ce mobilier rustique avait choisi les branches les plus contournées pour les employer, son imagination à la recherche d'idées fantaisistes avait trouvé les combinaisons les plus baroques dans l'érection des abris et le choix de leur ameublement.

— Qui donc habitait ici? demanda la jeune femme.

— Un peintre, madame. M. Héglon.

— C'est lui qui a arrangé le jardin?

— Oui, et aussi la maison. Tenez, il a même creusé une petite rivière que nous allons rencontrer.

— Une rivière! Il y a donc des sources, ici?

— Une, pas bien abondante. Seulement, l'eau est à fleur du sol et la rivière ne tarit jamais.

On arriva au minuscule cours d'eau, large d'un mètre, qui déroulait ses courbes nombreuses entre une double bordure de nénuphars, d'iris, de touffes de joncs minces et élancés. Sur une rive un sentier ombreux fuyait sous une haute voûte de verdure, laissant filtrer quelques rayons de soleil qui jetaient un peu de lumière dans l'ombre discrète.

En suivant le sentier, ils virent des sièges rustiques au bord de l'eau, puis quelques ponts formés de branches solides non équarries franchissant la rivière, les garde-fous étaient construits avec les mêmes matériaux et auprès de chaque pont, l'original architecte avait placé un buste qui émergeait du milieu d'une touffe de roseaux, tenant attaché sur la poitrine une ligne toute courte, dont le fil suivait le courant. Ces bustes avaient été achetés chez des marchands de bric-à-brac, et représentaient l'un un personnage mythologique, l'autre un évêque dont la mitre et la chape portaient encore quelques restes de dorures et de couleurs, un troisième un magistrat acheté comme le reste à la démolition de demeures privées, d'édifices religieux. Peut-être ces objets vieux, trop abîmés avaient-ils été remplacés par d'autres, non pas plus artistiques mais moins endommagés. Il y avait aussi un amour auquel manquait une aile, suspendu à une branche, au-dessus de la rivière, qui tenait une ligne et paraissait se livrer à la pêche comme un simple mortel. Le vent agitant la branche à laquelle il était attaché, lui donnait un mouvement oscillatoire comme celui d'un pendule.

La vue de ces bizarreries d'une imagination un peu exubérante avait distrait la jeune femme dont le visage sombre s'était un peu éclairé.

— Allons visiter la maison, dit-elle.

— Cela te plaît.

— Jusqu'à présent.

La même fantaisie avait inspiré le choix de l'ameublement; vieilles armoires, vieux bahuts, bois de lits antiques, bibelots attachés aux murs, suspendus au plafond, posés sur des meubles;

PRÉLIMINAIRES

— Décidément le locataire n'aime pas l'uniformité, dit l'homme.

— Locataire et propriétaire, monsieur, répliqua la gardienne, et au besoin il vendrait la maison telle qu'elle est.

— Avec les meubles?

— Avec tout ce qu'elle renferme.

— Est-il ici?

— Non, il est à Paris.

— Savez-vous quel prix il demande?

— Loyer avec la maison simplement, mille francs, avec les meubles, quinze cents francs. Pour la vente, vingt mille, on enlèverait le mobilier; trente-cinq mille dans l'état où elle est.

— Que dis-tu, Marguerite, cela te plaît-il?

— Assez.

— Si nous l'achetions?

— Comme tu voudras.

— Ma foi, j'ai bien envie de conclure l'affaire. S'adressant à la garde : Où pourrai-je me rencontrer avec le propriétaire pour tâcher de nous entendre sur les prix.

— Oh! pour ça, monsieur, c'est inutile, ce serait pour vous et pour lui du temps perdu. Il ne diminuera pas un centime.

— Eh bien, je loue d'abord avec les meubles et ensuite nous verrons le notaire pour la vente. Quand pourra-t-on s'installer?

— Tout de suite si vous le désirez. Si vous voulez bien me signer un engagement en attendant et me verser sept cent cinquante francs pour les six mois d'avance.

— C'est entendu.

Tirant d'un petit portefeuille un billet de mille francs, il dit à la femme d'aller chercher du papier et de l'encre ; en quelques minutes tout était réglé. Il donna sa carte : Clément Duclerc, dessinateur, 60, rue des Petits-Champs.

— Monsieur est artiste, comme le propriétaire, dit la gardienne.

— Ah ! M. Héglon est artiste ?

— Oui, peintre. C'est lui qui a fait les tableaux, les panneaux, les dessus de porte, toute la peinture qui est ici.

— Il est garçon ?

— Oui, il dit qu'il ne se mariera jamais. C'est heureux pour celle qui serait devenue sa femme.

— Il est vieux, laid, méchant ?

— Trente-cinq ans, beau garçon, gai et très bon.

— Et avec toutes ces qualités il ne rendrait pas une femme heureuse ! Il ne les aime donc pas ?

— Au contraire, il les aime trop. Ce n'est jamais la même, il lui faut du changement. Ah ! j'en ai vu défiler de toutes les tailles et de toutes les couleurs. Je me demande comment il peut y résister.

— A l'odeur qui s'échappe des meubles on devine que le sexe léger a fait ici des séjours nombreux.

— Oui et il y avait deux ou trois amis, autant d'amies, et l'on chantait, on buvait, on ..., mais je

vous laisse deviner le reste, dit la femme, affectant
un air pudique.

— Je devine, ou nous devinons sans plus d'explication, répondit le dessinateur. Il n'y a que l'atelier
que nous n'avons pas visité, mais il me suffira.

— Oh! il est grand, très grand, monsieur, et clair,
et une vue magnifique.

— C'est parfait. Tenez, voilà pour vous, — il lui
mit vingt francs dans la main. — Puisque nous
sommes chez nous, voulez-vous nous laissez seuls.

— Mais oui, je cours au télégraphe annoncer à
M. Héglon que sa maison est louée ou vendue,
comme il lui plaira.

— C'est bien cela.

La grosse femme se retira, laissant ses nouveaux
locataires.

— Ils sont pas mal, murmura-t-elle, elle surtout;
quel beau brin de fille, et lui qui la regardait avec des
yeux! Il se tenait pour ne pas la dévorer de caresses.
Il va se rattraper.

II

Quand le dessinateur et sa compagne se trouvèrent
seuls, ils se regardèrent comme surpris de leur isolement. Ils se sentaient grisés par l'air qu'ils respi-
raient. Des canapés, des fauteuils, de tous les meubles s'échappaient des odeurs énervantes. Des rou-
geurs montaient aux joues de la jeune femme, elle

baissait les paupières pour ne pas laisser voir les
lueurs que lançaient ses yeux : des secousses la faisaient trembler comme si elle eut été sur le point
d'avoir une attaque de nerfs.

Elle se mit à parler, disant des phrases un peu
incohérentes, cherchant à se dompter et ne pouvant y
réussir. Elle marchait, causait, sa voix était devenue
rauque, ses gestes brusques, lui la regardait ; surpris.
Il voulut lui prendre la taille, elle lui échappa :

— Laisse-moi ! dit-elle.

Mais il ne s'arrêta pas. Elle essaya de se défendre,
se tordit dans les bras qui l'enserraient, éloigna sa
figure des lèvres lippues qui se posaient sur ses joues
cherchant les siennes, puis ce fut elle qui se pressa
sur lui, qui demanda les baisers.

Ils passèrent une heure ainsi. Cinq heures son-
naient aux clochers des environs, les oiseaux chantaient, le soleil inondait la campagne d'une lumière
éblouissante. Il écarta les lourds rideaux d'une
fenêtre ouvrant sur le jardin, la chambre s'emplit de
clartés brillantes et Duclerc, au milieu des étoffes
sombres, des dorures mates, des statuettes aux
formes étranges, au visage grimaçant et goguenard,
apportées de l'extrême Orient, posées sur leurs
socles, regardait Marguerite, debout en face d'une
glace octogone à biseaux, arrangeant sa chevelure
qui s'était défaite et retombait jusqu'aux hanches.
Elle l'aperçut dans la glace et sans se retourner lui
dit d'une voix sèche :

— Laisse-moi seule.

— Pourquoi veux-tu que je m'éloigne?

Elle rougit et répéta en colère :

— Je te dis que je veux être seule.

— Mais, mon amie, tout à l'heure tu me disais que tu m'aimais. Pourquoi te gênerais-je; ne suis-je pas ton mari?

Elle haussa les épaules :

— Assez de phrases inutiles, va-t-en.

Il se souleva avec effort du canapé sur lequel il s'était effondré et s'approcha de Marguerite. Mais quand elle sentit les bras qui serraient sa taille, qu'elle vit cette figure rouge, ces lèvres épaisses, ces yeux luisants encore tout pleins de désirs, elle eut comme un haut-le-corps et repoussa de toute sa force Clément qui recula, resta debout comme vissé au parquet et regarda sa femme, bêtement.

— Mais sors donc! s'écria-t-elle.

— Je pourrais rentrer? fit-il d'un air piteux.

— Tout à l'heure.

— Ne sois pas trop longue à ta toilette.

Il se décida enfin à s'éloigner. Son absence dura une demi-heure. Quand il rentra, il trouva sa femme habillée, prête à partir. Il voulut l'embrasser, elle le repoussa brutalement.

— Pourquoi cette mauvaise humeur? demanda-t-il.

— Partons et ne m'interroge pas.

Ils sortirent. Arrivés sur le perron, ils aperçurent la grosse gardienne, répandue dans un vaste fauteuil ombragé par des lilas. Elle tenait entre ses mains un travail de couture, mais ses doigts étaient immobiles,

son énorme tête se balançait sur ses épaules robustes
et à chaque mouvement un peu brusque, sa poitrine
enfermée dans un corsage lâche se livrait à d'extra-
vagants soubresauts. Entendant la porte se fermer,
elle sortit de son état comateux, leva la tête, mettant
en pleine lumière sa face ahurie et reconnut ses locataires après une minute de réflexion.

— Demande pardon, dit-elle d'une voix pâteuse,
je m'étais un peu assoupie, il fait si chaud. Vous
retournez à Paris?

— Oui! dit le dessinateur.

Après plusieurs efforts successifs, elle était par-
venue à se mettre sur ses pieds, mais ses jambes, un
peu engourdies, flageollaient :

— Et quand aura-t-on le plaisir de vous revoir?

— Demain, pour terminer avec le propriétaire.

— C'est entendu, il sera ici après déjeuner, vers
deux heures et vous attendra.

D'un pas lourd et mal assuré, elle précéda le
couple dans l'allée tortueuse conduisant à la grille,
qu'elle ouvrit avec peine :

— Quand on devient vieux les forces s'en vont,
dit-elle en souriant et montrant les deux seules dents
qui lui restaient.

Elle les regarda traverser l'étroite vallée coupée
par la Bièvre et se diriger sur la gare de Massy
haut perchée vers le plateau. Ils suivirent sans se
parler le sentier traversant des champs de blé magni-
fiques déroulant leurs verdures jusqu'au chemin de

fer qui domine la contrée sur les remblais aux pentes couvertes d'une véritable forêt d'acacias.

La jeune femme paraissait énervée et respirait avec volupté les odeurs des plantes et de la terre comme pour calmer sa fièvre. Elle écoutait chanter les oiseaux, les regardait voler, rasant le sol, passant devant elle ou filant comme des points mobiles dans l'atmosphère ensoleillée. Le bruissement des ailes des insectes lui faisait l'effet d'une musique lointaine dont les derniers accords venaient expirer à ses oreilles. Pas le moindre vent. Les arbres immobiles semblaient attendre la fraîcheur du soir pour retrouver leur vigueur épuisée par un soleil trop chaud, leurs feuilles pendaient sans force comme si la sève s'était arrêtée brusquement.

— Voilà nos amoureux de ce matin, dit l'employé de la gare en les apercevant au sommet du petit chemin qui après avoir franchi la pente rapide du talus débouche sur la voie ferrée.

— Veux-tu dîner où nous avons déjeuné? demanda le jeune homme.

— Non retournons à Paris.

Il n'insista pas et s'informa de l'heure du train :

— Dans cinq minutes il sera ici, répondit le chef de gare.

À l'heure dite le convoi arrivait, le couple montait dans un compartiment de première classe; le signal du départ fut donné et le train reprit sa course vers Paris. Ils étaient seuls. Elle, assise dans un coin regardant la campagne; lui, à son côté, lui tenant une main

qu'il serrait doucement dans les siennes. Comme
elle ne le rudoyait pas, il s'enhardit et l'embrassa
longuement sur la nuque ; elle se laissait faire et paraissait plutôt l'exciter par les mouvements de sa tête,
les ondulations de son buste. Il était heureux et pro-
fitait largement de la liberté qu'on lui laissait.

A la gare de Paris elle s'appuya avec force sur le
bras de son mari, se serrait contre lui en montant
l'escalier qui, des profondeurs du sol, monte au
boulevard Saint-Michel.

Le Luxembourg, en face, était rempli de promeneurs ; la musique militaire jouait son dernier morceau ; l'auditoire attendait la fin pour applaudir ; les
bourgeois pacifiques et réguliers dans leurs habitudes
reprenaient la direction de leur foyer où le dîner était
préparé, laissant les jeunes gens, les poètes et quelques philosophes péripatétitiens discuter gravement
de hautes questions de morale.

— Traversons-nous le jardin ? demanda Duclerc.

— Non, il se fait tard, prenons une voiture, répondit-elle je suis fatiguée.

Il fit signe à un cocher qui passait, cherchant des
clients. Ils montèrent et sur l'indication qui lui fut
donnée, l'automédon prit la direction de la rue des
Petits-Champs. La voiture était découverte au grand
dépit du jeune homme qui l'eut préféré fermée
malgré le beau temps, mais c'était justement à cause
du beau temps que les compagnies avaient remisé
leurs équipages d'hiver. Il sentit qu'elle se serrait

contre lui. Sa mauvaise humeur avait donc disparu
qu'elle le recherchait, lui faisait des avances :

— Quel drôle de caractère, se dit-il.

Lorsque le cocher s'arrêta devant leur maison, ils
ne s'étaient rien dit et pourtant cette longue course
les avait rapprochés, elle se sentait sous l'influence,
de ce gros garçon qui l'aimait, qui se serait fait tuer
pour elle, qu'elle rudoyait parce que son influence
qu'elle subissait était toute-matérielle, il la domptait
par les sens. Souvent elle résistait d'abord à ses premières avances, mais son voisinage immédiat, ses serrements de mains discrets, sa face rouge de désirs la
grisaient et elle cédait comme elle eut cédé à un autre.
Ils se mirent à table, dînèrent sans cesser de se regarder
et lui laissait tomber à chaque instant de ses lèvres :

— Que tu es belle !

Affolée, elle le câlinait de ses grands yeux humides,
pleins de promesses. Elle se leva de table, passa
dans sa chambre et reparut bientôt, vêtue d'un long
peignoir blanc qui faisait ressortir sous la lâcheté
des plis, sa plastique admirable. Il lui rit d'un rire
lourd et allant la prendre par la taille la fit asseoir
sur ses genoux :

— Tu m'aimes ? dit-il.

— Non ; et elle le serra violemment sur sa poitrine.

III

Le couple étrange qui était allé chercher une maison de campagne dans la vallée de la Bièvre, n'était

point un de ces faux ménages, formés par hasard, ayant hâte de jouir de la vie et allant hors de Paris, chercher l'isolement pour ne point entendre les cris des foules, ne pas voir les maisons hautes et régulières bordant des rues encombrées. Ils étaient mariés légitimement depuis un an environ. Ils avaient passé l'hiver à Paris et Duclerc avait décidé qu'on louerait ou qu'on achèterait une maison entourée d'un jardin plein d'arbres où ils ne seraient point exposés aux visites, aux dérangements quotidiens de l'existence parisienne. Elle n'avait pas d'abord beaucoup goûté ce projet, mais elle s'était soumise et avait accompagné son mari dans ses recherches.

Ils s'étaient mariés sans presque se connaître, par hasard. Lui, âgé d'une trentaine d'années avait une place de dessinateur dans une grande maison de bronze d'art. Fils d'ouvrier, son instruction était peu développée. N'ayant, et pour cause, fréquenté que l'école des Frères, il avait appris à lire, à écrire et un peu à compter. C'est avec peine qu'il était arrivé à comprendre les quatre règles, les mathématiques lui faisaient peur, mais il possédait une calligraphie admirable et dessinait fort bien, ses maîtres le poussèrent, lui fournirent les instruments nécessaires afin qu'il se perfectionnât dans l'art pour lequel il montrait beaucoup d'aptitude, il devint très fort et ses professeurs engagèrent son père à le laisser travailler jusqu'au moment où il serait capable de gagner largement sa vie. A quinze ans le jeune Clément fut placé dans la maison où il fit un chemin rapide.

Dix ans plus tard il gagnait six mille francs à la grande surprise de l'auteur de ses jours qui, menuisier de son état, fatiguait beaucoup pour faire des journées de sept francs. A trente ans ses appointements atteignaient douze mille francs. Rangé, il faisait des économies, c'était un garçon modèle qui serait, affirmait-on, la perle des maris. On disait bien qu'il avait pour les femmes un faible très prononcé, mais si on lui voyait souvent une compagne nouvelle, cette union n'était que momentanée et jamais personne ne s'était aperçu qu'une de ses conquêtes de passage exerçât sur lui la moindre influence. Il n'admettait pas les faux ménages et ne faisait pas de promesses à celles qui voulaient bien l'accompagner dans son logement de garçon, dans la petite rue de Bourbon-le-Château, sur la rive gauche de la Seine.

D'une taille un peu au-dessus de la moyenne, large d'épaules, le cou court portant une tête grosse, les cheveux d'un blond tirant sur le roux, taillés en brosse, les yeux bleus aux lourdes paupières, le nez fort, le front un peu étroit, sa physionomie avait une expression vulgaire, peu faite pour inspirer une passion, son rire était bon et bête, le plus mauvais calembour le faisait rire aux éclats, les lectures banales ne lui avaient pas développé l'intelligence. Son torse puissant, ses bras solides, ses jambes massives annonçaient une force peu commune. Il inspirait la crainte aux querelleurs et l'admiration aux petites ouvrières qui le trouvaient très beau garçon.

Il se laissait vivre, certain du présent et prenant des précautions pour l'avenir, ne songeant pas à changer une existence qu'il trouvait heureuse, mais il devait, une fois de plus prouver que ce que l'homme le plus sûr de lui, propose, un événement imprévu surgit, met à vau l'eau ses projets et modifie complètement sa vie, en bien ou en mal.

Ayant donné rendez-vous à une jeune femme, caissière dans un magasin de modes, elle lui manqua de parole et après l'avoir longtemps attendue à l'endroit fixé, un café près de la Bastille, il supposa ou qu'il lui avait été impossible de venir ou qu'elle avait trouvé un compagnon plus à son goût. En admettant que cette seconde version fut la vraie, il ne fut pas froissé et se dit que pour une fois, il irait à la campagne passer seul son dimanche.

Il prit le chemin de fer à la gare de Lyon et s'arrêta à Juvisy où il déjeuna et ensuite alla faire un tour, un peu au hasard; connaissant le pays, il alla chercher de l'ombre sur les bords de l'Orge, trouva un coin charmant, plein d'arbres, s'assit sur l'herbe, près d'une haie, alluma sa pipe et se trouva ainsi très heureux:

— Ma foi, se dit-il, ma caissière a bien fait de me fausser compagnie. Je suis mieux seul.

Personne ne suivait le sentier bordé de peupliers, tapissé d'une herbe épaisse qui l'avait amené à son coin retiré. Il entendait le grondement des wagons, les appels des locomotives, mais la vue des trains lui était cachée par le feuillage épais; les cris des voyageurs, des chants des promeneurs arrivaient comme

des bruits lointains ; les papillons aux couleurs variées
volaient dans l'espace, semblables à des pierreries
animées, des demoiselles se posaient sur les roseaux
et dans les arbres, dans l'épaisseur des haies, les
oiseaux chantaient.

Sa pipe s'éteignit. Il allait la bourrer de nouveau,
lorsqu'il réfléchit qu'il devrait prendre sur son album
quelques vues de l'endroit où il se trouvait ; un arbre,
une touffe de joncs, des fleurs, il n'avait que l'embar-
ras du choix. Il se mit immédiatement au travail, il
avait commencé un dessin lorsqu'il entendit un
léger bruit qui allait s'approchant. Tournant la tête,
il vit à quelques pas, une jeune femme qui poussait
devant elle une petite voiture d'enfant :

— Elle cherche l'ombre pour elle et le silence pour
son petit qui dort certainement, puisqu'il ne crie pas,
se *dit-il*. Elle est tout de même fort jolie, belle,
même.

La jeune femme qui semblait ne pas le voir, s'approchait toujours lorsque tournant la tête elle l'aperçut, laissa échapper un petit cri de surprise et
s'arrêta :

— Oh, pardon, monsieur, dit-elle en rougissant un
peu et en baissant beaucoup les yeux, je vous dérange.

— Pas le moins du monde madame, au contraire.

— Je me retire...

— Oh non, je ne le souffrirai jamais, ou ce sera
moi qui vous laisserai la place, si vous partez.

— Alors, je reste.

Il s'était levé pour parler à l'inconnue

Si vous mettiez la voiture sous ce buisson, votre enfant achèverait tranquillement son somme.

Doucement elle poussa le léger véhicule dans la direction indiquée.

— C'est parfait dit-elle, quand elle eut terminé cette opération. Ils se regardaient, elle souriait, montrant ses dents blanches.

— Vous espériez vous reposer et il faut qu'un gêneur se trouve juste pour contrarier un projet pourtant si modeste.

— Asseyons-nous, monsieur, nous causerons plus facilement. Tenez je vous donne l'exemple.

Et gracieusement, elle ploya son corps souple et se posa sur le gazon après avoir relevé sa robe, en forme de gros bourrelet autour de la taille, n'ayant plus pour cacher les jambes qu'un léger jupon blanc couvrant le pantalon. Ce double voile laissait tout deviner et rendait plus attrayant ce qu'il avait mission de cacher. Les yeux bleus de l'artiste brillèrent, le sang lui monta au visage.

— Faites comme moi, dit-elle.

Ils causèrent. Elle lui raconta qu'elle n'était pas la mère du bébé, mais sa tante et n'était point mariée. Elle habitait chez sa sœur et son beau-frère, une maison à quatre ou cinq cents mètres de l'endroit où ils se trouvaient. Tous les jours quand le temps le permettait, elle promenait son neveu et son coin de prédilection était le sentier ombreux presque toujours désert, où ils venaient de se rencontrer.

Tout en causant elle faisait des mouvements qui

avaient pour effet de faire valoir sa taille, les rondeurs de sa poitrine, ses grands yeux bruns ombragés
de longs cils, ses joues fraîches, sa chevelure opulente. Elle avait surtout un mouvement des jambes
qui faisait perdre à Duclerc, le peu de sang-froid qu'il
possédait.

Chaussée de bottines jaunes elle remuait les pieds,
les changeant de place, levait les genoux laissant
voir les mollets enfermés dans des bas noirs et montrant quelquefois la broderie du pantalon blanc, puis
allongeant vivement les jambes elle ramenait avec
la main le jupon indiscret. Le dessinateur s'intéres-
sait beaucoup à cette agitation.

— Si ce que je devine vaut ce qu'on me laisse voir
sans s'en douter, songeait-il, j'ai devant moi une
créature parfaite.

Ils continuèrent de causer. Elle n'était point heureuse chez sa sœur; mais, sans parents, son beau-
frère ayant été chargé de sa tutelle par le conseil de
famille, elle attendait un changement dans sa position. Elle le regardait en disant cette dernière phrase.

— Elle voudrait un mari, se dit Duclerc.

Il sut qu'elle se nommait Marguerite, possédait de
l'héritage de ses parents, cent trente mille francs
dont elle entrerait en possession le jour de sa majo-
rité. Lui, de son côté, ne s'était pas montré moins
communicatif, la jeune fille connaissait son nom, la
maison où il était occupé et ce qu'il gagnait. Il était
libre de toute affection sentimentale et vivait un peu
en égoïste, au jour le jour, jusqu'à ce qu'un hasard

quelconque le fit entrer dans la grande tribu des hommes mariés.

Ils échangèrent ainsi des phrases pendant plus d'une heure. Le jeune homme s'était rapproché de Marguerite, ils étaient côte à côte, lui, entourant sa taille souple d'un bras vigoureux et la serrant amoureusement, de l'autre main tenant ses doigts délicats qu'il pressait doucement; il frissonnait quand il sentait que les mains blanches lui rendaient — oh! de façon presque imperceptible — ses pressions. Elle avait penché sa tête lourde sur sa large épaule, il couvrait de baisers ses yeux à demi-clos, sa bouche entr'ouverte, se grisait de l'odeur qui émanait de toute sa personne.

Ce fut elle qui la première dit qu'il était temps de se séparer.

— Reste encore, murmura-t-il.

— Non on serait inquiet, à cause du petit. Oh! pas à cause de moi, ma vie leur est indifférente. Que je disparaisse, le lendemain je serai oubliée, on aura mon modeste héritage et tout sera pour le mieux.

— Partons, accompagne-moi, laisse-là tes parents.

— Non, vous me mépriseriez, et, en ce moment même, je ne suis pour vous qu'une fille, parce que la première fois que vous m'avez rencontrée, je vous ai donné mon cœur et ma personne.

Elle sanglotait, mordant son mouchoir pour ne pas crier.

Il était ému, buvait ses larmes qui roulaient brillantes sur ses joues pâlies.

LUNE DE MIEL

— Je souhaite ardemment que vous disiez vrai, mais je vous le recommande, soyez prudente, exercez une surveillance active sur cette élève dont le passé, hélas, est loin d'être une garantie pour l'avenir.

Lorsque Marguerite se trouva seule dans son lit, elle songea au moyen de se sauver de sa prison. Elle ne trouva rien. Il faudrait un concours de circonstances favorables pour qu'il lui fut possible de se servir d'une échelle et encore cet instrument pouvait être enlevé, mis à l'abri sous un hangar fermé à clef au lieu de rester contre un mur, à portée de la main. A force de chercher elle décida qu'elle tenterait une évasion, peut-être échouerait-elle mais elle risquerait l'entreprise.

Le temps encore très chaud s'était mis à la pluie qui tombait à torrents. Les allées du jardin étaient changées en ruisseaux roulant une eau jaunâtre, des toits tombaient de véritables cascades. Un soir, avant la prière, le temps plus affreux, la nuit plus noire, le ciel sombre, sans étoiles et sans lune, couvert d'épais nuages avaient paru propices à Marguerite pour s'enfuir et elle s'était préparée.

L'échelle n'avait point été enlevée. La jeune recluse, sous un prétexte, se retira pour un instant. Connaissant le terrain elle sortit sans donner l'éveil car les averses qui s'écroulaient du ciel avaient été la cause d'un peu de relâchement dans la surveillance. Elle courut du côté d'un puits profond dissimulé dans un coin du jardin, et protégé par une margelle assez haute. Ce coin du jardin n'était pas fréquenté par les élèves et dépendait d'une maisonnette habitée par une sœur qui s'occupait de la culture et des plantations.

Marguerite tout en courant, avait dégrafé son corsage. Arrivée au puits, elle se déshabilla en un clin d'œil, ne gardant sur elle que la chemise, les bas et les chaussures. Elle lança ses vêtements par dessus la margelle et se sauva du côté de l'échelle, qu'elle déplaça et dressa contre la muraille. La pluie ruisselait sur ses épaules, sa chemise était collée sur sa peau, mais elle ne sentait rien, ne songeait qu'à une chose : se sauver. Ce temps lui était favorable. Elle avait craint que l'échelle ne fut trop lourde, mais comme elle ne devait être maniée que par des femmes, elle était en tilleul, bois très léger et très résistant.

Elle monta vivement les échelons et arriva au sommet du mur où elle rencontra un nouvel obstacle ; un mince grillage en fil de fer qui lui barrait le chemin. Elle eut bientôt ouvert un passage en brisant des fils rouillés, mais il fallait franchir les tessons de bouteilles dont les pointes aiguës couraient le long de la crête du mur. Facilement elle passa par l'ouverture du grillage, ses chaussures la protégèrent contre les verres, puis elle repoussa l'échelle qui tomba sur le sol mou, sans bruit, elle se trouva debout, accrochée à la grille fragile, et au-dessous d'elle, à droite et à gauche, comme un gouffre noir aux profondeurs vertigineuses, le jardin qu'elle venait de quitter, la rue où elle allait tenter de descendre au risque de se tuer ou de se briser les jambes.

Ses yeux se familiarisaient peu à peu à l'obscurité. Elle regarda la rue étroite, avec, en face ses maisons vieilles, hautes, dont quelques fenêtres étaient encore éclairées, mais personne n'avait, d'un temps pareil, l'idée de les ouvrir. Les boutiques étaient fermées, on n'entendait que les bruits de l'eau débordant des gouttières tombant dans la rue, transformée en torrent. Les becs de gaz formaient comme une rangée de points lumineux jetant leurs clartés sur la rivière noire qui roulait entre les trottoirs étroits et même les recouvrait en quelques endroits.

La jeune fille écoutait et regardait. Elle aperçut sous une lanterne la silhouette d'un gardien de la paix, enveloppé dans son manteau à capuchon. Il suivait avec prudence le trottoir pour éviter l'inondation et se dirigeait du côté de la pension. Lorsqu'il fut au-dessous de Marguerite elle l'appela d'un : pssit répété. Il leva la tête, le même appel continua. Il vit alors une forme blanche, pareille à une apparition, au sommet du mur, et s'arrêta brusquement, croyant que sa vue était devenue trouble et ses oreilles malades. Mais l'apparition prenait une forme humaine et c'était bien lui qu'on appelait :

— Vous allez vous tuer, dit-il.

— Non, ne parlez pas si haut, aidez-moi à descendre.

— Comment.

— Levez les bras le long du mur.

Le brave agent fit ce qu'on lui demandait mais

toujours se disant qu'un malheur allait arriver car une distance de trois mètres au moins séparait ses mains tendues, du sommet de la muraille.

Alors l'apparition se baissa, tournant le dos à la rue, des jambes s'allongèrent puis un corps glissa et dans sa chute entraîna le gardien qui avait voulu le retenir, mais qui réussit au moins à amortir le coup. Tous deux roulèrent dans la fange et se relevèrent immédiatement. L'agent vit qu'il avait devant lui une jeune femme :

— Qu'avez-vous fait ; qui êtes-vous ? lui demanda-t-il.

— Je me sauve de la pension, répondit-elle en montrant le haut mur triste.

S'étant débarrassée de sa chemise pour pouvoir appuyer ses mains sur les verres cassés sans trop se blesser elle se trouvait complètement nue. La pluie enleva les malpropretés dont elle était couverte et son corps merveilleux parut blanc dans l'ombre noire, l'eau lui tombait sur la tête, roulait sur la poitrine et les hanches qui ruisselaient.

— Je vais vous conduire au poste où vous vous expliquerez, dit le gardien, mais d'abord couvrez-vous avec mon manteau.

Et il lui mit sur les épaules le vêtement déjà trempé. Ils marchaient doucement, la jeune fille s'appuyant au bras de son compagnon qui vit du sang couler mêlé à l'eau sur la peau blanche du bras :

— Vous êtes blessée ? dit-il.

— Non quelques égratighures.

— Et moi qui quittais mon service pour rentrer.

— Vous êtes attendu ?

— Non je suis garçon, j'habite seul près d'ici.

— Eh bien conduisez-moi chez vous.

— Vous n'y pensez pas !

Elle lui prit une main et entr'ouvrant le manteau la posa sur sa poitrine. Il eut un tressaillement :

— Je ne suis pas une voleuse et ne cherche pas à me sauver je vous en supplie, ne m'abandonnez pas.

Le pauvre garçon tremblait de la tête aux pieds.

— Pourtant, mon devoir. Je ne vous connais pas, fit-il.

— Si j'étais ce que vous supposez peut-être, je ne vous aurais point appelé.

— C'est vrai.

— Si vous me conduisez au poste, on me fera rentrer à ma pension, alors je me tuerai.

— Mais que voulez-vous faire ?

— Retourner chez mes parents.

— Loin d'ici ?

— Non. Et elle se serrait contre lui.

— Comment faire ? demanda-t-il.

— Allons chez vous d'abord, après quand nous serons à l'abri, nous causerons.

Le malheureux gardien soupira longuement :

— Allons râla-t-il.

Il voulut retirer sa main, mais elle la maintint malgré lui. Arrivés à une impasse pleine de ténèbres, inondée par la pluie, il tira de sa poche une clef

passe-partout, entra dans un couloir étroit suivi de
Marguerite qui s'attachait à lui.

— Impossible de faire prendre une allumette, dit-
il, ma boîte est mouillée. Attendez une minute, je
vais chercher de la lumière.

Il repoussa la porte et monta :

— Ne soyez pas trop longtemps, lui cria une voix
rieuse dans la nuit épaisse.

Cette musique le grisa. Quelle différence avec les
voix éraillées de ses habituelles clientes. Sa chambre
était au second. Rapidement il alluma une lampe à
pétrole et redescendit. Arrivé au bas de l'escalier il
leva sa lumière à hauteur de sa tête et laissa échapper un cri d'admiration. Marguerite, brusquement,
avait enlevé le manteau et montrait son torse nu à
son sauveur effaré. Sur les cuisses, sur les bras perlaient de grosses gouttes d'un sang vermeil qui cou-
laient sur la blancheur de la peau :

— Vous souffrez? murmura-t-il.

— Non, éclairez-moi.

Ils grimpèrent l'escalier visqueux, lui marchant
sur le côté pour que Marguerite pût voir les marches,
et arrivèrent à la modeste chambre meublée d'un lit
et d'une armoire avec une pendule en zinc sur la
cheminée. Quand la porte fut refermée :

— Vous avez froid? demanda-t-il.

— Non l'air est chaud et la pluie tiède, mais je
pourrais me refroidir ici, donnez-moi un vêtement
quelconque.

Il détacha un lourd pardessus d'hiver pour rem-

placer le manteau à capuchon tout trempé. Mais avant
d'endosser ce vêtement, elle demanda une serviette
propre qu'il sortit de l'armoire et elle se frictionna
vigoureusement la poitrine.

— Changez de vêtements, lui dit-elle, ne vous
occupez pas de moi.

Il se dissimula au pied du lit dans un coin et se
revêtit d'un costume civil très modeste, chaussa des
pantoufles et attendit :

— Avez-vous terminé ? dit-elle.

— Oui, madame.

— Venez m'aider, alors.

Il s'approcha. Debout, le corps en pleine lumière,
elle lui tendait la serviette. Il demeurait, immobile,
comme hypnotisé par ce corps merveilleux encadré
de ténèbres, n'osait plus avancer et tremblait.

— Que vous êtes belle, murmura-t-il.

— Vous trouvez. Tenez, j'ai terminé la poitrine,
essuyez mon dos.

Elle s'assit à califourchon sur une chaise de paille.
Il prit le linge et doucement en frotta les omoplates
et le cou.

— Plus fort et partout, dit-elle, ne craignez pas
de m'écorcher.

Il frictionna, mais sa main tremblait au contact de
cette peau si douce.

— C'est bien, dit-elle, après trois minutes et se
retournant, elle s'assit.

— A présent, retirez mes chaussures, mes bas
et essuyez mes jambes comme vous venez d'es-

suyer mon dos. Elle lui tendit un pied. Il mit un genou à terre et parvint, non sans peine à enlever bas et bottines et enfin sécha les mollets en les tamponnant, avec précaution comme s'il eut craint de les écorcher.

— Et ce sang qui a coulé, qui coule encore, madame, vous devez souffrir?

— Non, ce n'est rien, des piqûres causées par les verres du mur sur lesquels j'ai dû m'appuyer. Aidezmoi à passer votre pardessus.

Elle se redressa et attendit qu'il eut préparé le vêtement, se retourna, allongea un bras qui disparut dans la manche, puis le second, et après cette opération croisa, sur sa poitrine, les deux bords.

— C'est bon, dit-elle.

Il attendit, les yeux hagards, les mains pendantes. Elle s'assit sur le lit.

— Je suis fatiguée et ne serais pas fâchée de m'étendre. Donnez-moi une de vos chemises qui me servira pour la nuit. Il obéit, machinalement. Elle sortit du lourd vêtement et prenant la chemise, la replia, la souleva au-dessus de sa tête et la laisser glisser.

— Un peu étroite des épaules, dit-elle en montrant l'étoffe tendue, ouverte sur le devant, laissant voir les chairs fermes, les rondeurs harmonieuses de la poitrine. A présent, je vous remercie de vos complaisances.

Elle se suspendit à son cou et l'embrassa longuement. Il sentait sa raison s'en aller.

— Oh! que tu es belle, s'écria-t-il.

— Trouves-tu que tu seras bien payé du service que tu m'as rendu, demanda-t-elle.

Il la serrait dans ses bras à l'étouffer, et elle riait.

Le lendemain quand ils se levèrent, le soleil brillait, la pluie avait cessé, le ciel était débarrassé de nuages, la journée promettait d'être belle.

Comment vas-tu pouvoir sortir? demanda le gardien à sa compagne, pas de vêtements. Tu ne peux, pourtant, pas descendre dans la rue avec un costume d'homme?

— Es-tu libre?

— Jusqu'à ce soir. Je reprends mon service à minuit.

— Eh bien, si tu peux disposer de quelques sous — je te les rendrai — va m'acheter un peignoir, le meilleur marché possible. Mes bas, mes chaussures auront le temps de sécher par ce beau soleil et demain matin nous nous séparerons.

— Nous passerons ensemble toute la journée.

— Je te le promets.

— Ce sera un jour de bonheur qui comptera dans ma vie.

Elle sourit et lui donna, sur la joue, une légère tape.

— Tu monteras aussi de quoi manger, dit-elle.

— Que faudra-t-il apporter?

— Ce que tu voudras, cela m'est égal.

Il sortit et rentra, après une absence d'une demi-heure, chargé d'un peignoir en coton, de pain, de viande froide, de vin.

Ils passèrent ensemble la journée. Elle raconta au jeune homme son étrange escapade ; il se sentit soulagé, ce n'était certainement point une voleuse qu'il cachait chez lui.

Le soir, quand ils eurent mangé, il revêtit son uniforme pendant qu'elle arrangeait sa modeste toilette, puis ils se dirigèrent à pied vers la gare d'Orléans par les boulevards des Gobelins et de l'Hôpital. Elle prit une troisième pour Juvisy. Ils se séparèrent sur le quai, le pauvre garçon pleurait.

Je ne te verrai plus, disait-il.

— Si, je te promets de t'écrire, j'ai ton nom et ton adresse, tu viendras me voir.

— Mais moi je ne pourrai pas me rappeler à ton souvenir.

— Tu commettrais des imprudences.

La machine siffla, le train se mit en marche, la tête dépassant la portière du wagon, elle lui envoya un long baiser. Durant une minute, il vit la gracieuse figure éclairée crûment par l'électricité, puis elle disparut.

Triste, il reprit le chemin du poste, se demandant s'il n'avait point fait un rêve, si, réellement les terribles sensations qu'il avait éprouvées depuis la veille n'étaient pas dues à une fièvre, à un moment de folie qui l'avaient transporté dans un monde irréel.

Il resta songeur tant qu'il fut dans la salle du poste n'écoutant pas ce que lui disaient ses collègues, les regardant faire leurs parties de cartes sans suivre le jeu, fixant le plafond à travers la fumée épaisse des pipes, ne s'intéressant pas aux incidents des promenades lentes dans le quartier, arrestation de voleurs, récolte d'ivrognes étalés sur le trottoir ou de filles racolant les passants.

Les autres le plaisantaient sur sa distraction et lui demandaient en riant si par hasard il était amoureux. Cette question le faisait rougir jusqu'aux oreilles car elle lui rappelait son aventure de la nuit dernière :

— S'ils se doutaient de ce qui m'est arrivé, se disait-il, ils comprendraient mon ahurissement.

Et quand arrivait son tour de ronde, il quittait avec joie ses compagnons. Durant ses longues factions dans la rue déserte, il serait tranquille et pourrait à son aise songer à l'inconnu et faire tout éveillé des rêves délicieux.

V

A la pension, l'émotion avait été grande lorsque l'absence de Marguerite se prolongeant on s'était mis, sous la pluie battante, à sa recherche. Personne ne songeait qu'elle s'était enfuie, on redoutait seulement un accident subit, chute ou mal quelconque qui l'eût forcé de s'arrêter en attendant un secours, car par cette tempête violente qui faisait craquer les arbres, on n'aurait pas entendu un appel à dix pas. Tout le monde cherchait, muni de lanternes, maîtresses et élèves. Les moindres recoins étaient visités avec soin, au long des allées près des pommiers en cordon, au pied des murs tapissés d'espaliers, on re-

gardait si on ne la trouvait pas étendue sans connais-
sance. Dans tous les cas, comme elle serait mouillée
complètement, un lit bien chaud avait été préparé
pour qu'elle pût se reposer, reprendre des forces.

Une pensionnaire aperçut un papier qu'elle lut
rapidement.

Qu'est-ce? lui demanda une sœur.

— Elle s'est tuée, ma sœur.

— Que dites-vous?

— Ce qu'elle a écrit là-dessus.

Elle présenta la feuille blanche.

— Mais nous avons fouillé partout et n'avons rien
découvert, murmura la sœur épouvantée.

— Et le puits! a-t-on été voir.

On se précipita de ce côté. Ce fut un mélange
d'ombres fantastiques et de fantômes se démenant
dans la nuit, pendant un orage. Quand on arriva près
de la haute margelle, tous les cœurs battaient, qu'al-
lait-on découvrir? On descendit dans le trou noir
une lanterne attachée à une corde, mais à quelques
mètres de profondeur elle n'éclairait plus, et lorsqu'elle atteignit l'eau n'était qu'un point rouge, une
allumette qui s'éteint, mais elle n'enfonça pas, ren-
contrant quelque chose de résistant.

— C'est elle, la malheureuse, dit celle qui tenait la
corde. Les bouches devinrent muettes, puis à la
rafale se mêlèrent les cris, les sanglots, les prières.

— Nous pleurerons et nous prierons après avoir
accompli notre devoir, dit une sœur. Que l'on coure
chercher une corde très forte.

Cet ordre fut exécuté aussitôt. La sœur s'attacha
la corde sous les bras et l'autre extrémité à la poulie,
elle monta sur le bord de la margelle, fit le signe de
la croix, s'arma d'une lanterne et ordonna de la descendre. Une demi-douzaine des femmes les plus robustes tenaient la corde, la laissant glisser lentement. Arrivée à l'eau, la sœur allongea un bras,
l'autre tenant la lanterne et vit des vêtements qui
flottaient. Elle s'en saisit, les tira à elle, mais ils ne
renfermaient rien.

— Ce serait-elle déshabillée avant de se précipiter
dans le vide, se dit la pauvre femme. Son corps aurait
remonté à la surface, à moins que, par précaution,
elle ne se soit attaché une pierre au cou.

Elle cria qu'on la remonta, et elle apparut ruisselante, pâle, avec les vêtements. A sa place au bout
de la corde, elle fit mettre un triple crochet de fer,
solide et lourd, que l'on descendit jusqu'au fond du
puits, mais on ne sentit aucun obstacle et n'accrocha
rien. L'espoir revint.

— Peut-être ne s'est-elle pas suicidée, dit-on.

Il y eut comme un commencement d'espérances
chez ces pauvres femmes affolées. A cet instant, une
pensionnaire aperçut au loin une lanterne qui faisait
des signaux dans la nuit. Celle qui la portait courait,
on put entendre sa voix :

— Par ici, criait-elle, par ici !

— Où ?

— Suivez-moi.

Elle se retourna, reprit sa course vers un autre

point du jardin. Toute la troupe courait derrière elle. Arrivée au pied du mur, elle s'arrêta :

— Voilà l'échelle, elle a enjambé le mur, dit-elle.

— Mais alors elle est de l'autre côté, tuée ou les membres brisés, dit une sœur. Il faut sans perdre de temps aller s'en assurer. J'y vais moi-même.

Elle sortit avec sa lanterne, recevant des ondées sur le corps, mais la pluie ne l'arrêta pas. Regardant avec soin sur le trottoir et la chaussée couverts d'une eau noire où elle plongeait ses pieds pour chercher la pauvre fille qu'elle redoutait de trouver morte dans cette fange. Elle ne sentit rien de résistant et après une heure de tâtonnements elle rentra, désespérée.

— Si elle s'est tuée ou seulement blessée on a dû la rencontrer et la transporter soit au poste, soit à l'hôpital, dit-elle, attendons à demain.

Maîtresses et pensionnaires passèrent la nuit dans des transes terribles, écoutant si la cloche n'allait pas retentir, annonçant la visite du commissaire de police. Au jour, une des maîtresses se mit en route pour Juvisy, prévenir M. et Mme Dupont qui furent très surpris en apprenant la nouvelle.

— Peut-être s'est-elle fait enlever, dit M. Dupont.

— Elle aurait donc eu un rendez-vous, soupira la sœur.

— C'est possible. Elle est plus rusée que la plus rusée des filles et, ma foi, mon avis est d'attendre encore. Si elle a fui en compagnie d'un homme, qu'elle aille au diable et que l'on en entende plus parler. Dans le cas contraire, on verra. Si vous apprenez quelque chose, avertissez-nous immédiatement, si, de notre côté, nous avons des nouvelles j'irai moi-même à la pension.

La pauvre femme se retira, très inquiète. A peine était-elle sortie que M. Dupont dit à sa femme :

— Si elle s'est tuée la perte ne sera pas grande, nous y gagnerons même sa dot qui te reviendra. Mais je crois bien qu'elle s'amuse en ce moment et rit des ennuis qu'elle cause à tout le monde.

Ils passèrent la journée tranquilles, certains de n'être pas compromis dans cette escapade. Ils étaient couchés lorsque le soir vers onze heures, la sonnette se livra à un carillon désordonné.

— C'est elle, va voir, dit Mme Dupont.

Il se leva, endossa sa robe de chambre et, par précaution, prit sur une commode, son revolver.

— Si c'était des voleurs, dit-il.

Arrivé à la porte, il cria avant d'ouvrir :

— Qui est là ?

— Moi, Marguerite.

— Vous êtes seule.

— Toute seule.

Il entrebailla la porte doucement, s'assurant qu'elle n'était pas accompagnée. Lorsqu'il fut certain qu'il ne courait aucun danger, il ouvrit. Marguerite entra vivement et courut vers la maison. M. Dupont la suivit après avoir refermé l'huis avec précaution. Il la trouva déjà étendue sur un canapé du salon, riant aux éclats.

— Vous ne m'attendiez pas, dit-elle.

Il essaya de prendre un air digne et s'écria

— Misérable !

— Voyons, mon ami, pas de gestes solennels, ça ne vous réussit pas.

— Nous serons la risée du pays.

— N'exagérez rien, vous n'êtes pas responsables de mes actes.

— Vos turpitudes retombent sur nous.

Mme Dupont était descendue.

— Nous connaissions ton escapade, malheureuse ! dit-elle.

— Toi aussi, des grands mots, ça ne te convient pas plus qu'à ton mari. On est donc venu de la pension ?

Ils racontèrent la visite de la sœur, le matin.

— Ce qu'il doit être en révolution, cet excellent pensionnat. On doit s'y faire du mauvais sang.

Mais comment ne t'es-tu pas tuée en te laissant tomber d'une pareille hauteur.

Elle raconta l'histoire du gardien de la paix

— Et tu t'es donnée à lui, s'exclama Mme Dupont.

— Il fallait bien le payer de sa complaisance et puis j'étais toute nue ou à peu près. Ma foi, après tant d'émotions, je n'étais pas fâchée de me distraire et je te souhaite un mari comme mon sergent de ville. Ah ! s'il fait son service de police aussi bien que...

— Tais-toi, tais-toi, malheureuse !

— Il s'est payé, c'était son droit, puis j'aimais mieux cela que d'être conduite au poste. Tu vois,

MARGUERITE S'AMUSE

— Vous essayez de me consoler, c'est bon; tant
d'autres, après avoir profité d'un instant d'abandon,
se moqueraient de leur victime.

— Mais puisque je te propose de t'emmener.

— Ne me tutoyez pas, je vous en supplie, cela me
rappelle trop mon rôle odieux, humiliant de tout à
l'heure.

Elle le regardait de ses grands yeux humides.

— Tiens, tu me rends fou, viens, viens!

— Non, ce serait un ménage irrégulier de plus à
Paris, ma situation de votre maîtresse m'isolerait
complètement de ma famille et de vos amis qui ne
verraient en moi qu'une femme plus ou moins jolie
dont chacun se disputerait la possession.

— Allons donc!

— C'est ce qui arriverait, vous le savez aussi bien
que moi. Vous êtes un honnête homme, vous n'irez pas
conter partout votre… succès auprès d'une inconnue.
Séparons-nous, nous ne nous verrons plus, ou si le
hasard, un hasard malheureux nous mettait encore
en présence, ne nous parlons plus, ne me rappe-
lez pas le passé par pitié pour moi, oubliez-moi.

— Comment pourrais-je vous oublier?

— Un petit effort, pas bien grand et je ne serai
plus pour vous qu'une de ces conquêtes faciles dont
la physionomie vous apparaîtra comme une ombre
indécise.

— Et vous, vous m'oublierez?

Elle rougit, baissa les yeux, lui prit une main
qu'elle pressa doucement.

Je tâcherai, murmura-t-elle.

Elle s'était penchée pour dire ces deux mots qu'il entendit à peine.

— Méchante! que faut-il faire pour vous prouver mon amour.

— Je ne vous demande rien.

— Venez, partons!

D'un bond il fut debout, il l'aida à se lever, elle se redressa avec lenteur, enlevée par les mains nerveuses qui serraient les siennes comme des étaux. Mais elle sentit ses jambes faiblir, elle allait retomber sur le gazon, lorsque, d'un mouvement brusque, il la fit pencher sur lui et la soutint.

— Je n'en peux plus, dit-elle, la honte m'enlève toute ma force, comment rentrer? mon Dieu! que faire! La mort est préférable à l'existence dans de pareilles conditions.

Et elle lui entourait le cou de ses bras blancs, le regardait et lui disait :

— Sauvez-moi! ayez pitié! ne m'abandonnez pas. Je ne suis pas, oh! je vous le jure, je ne suis pas ce que vous pensez.

Il l'entraînait, la serrant sur sa poitrine.

— Non, laissez-moi! Et l'enfant?

— C'est vrai, songea Clément. En effet, dit-il tout haut, nous ne pouvons pas emporter votre neveu, ce serait désoler ses parents et nous attirer des ennuis.

— Vous voyez bien qu'il m'est impossible de vous suivre.

La raison était sérieuse.

— Allez reconduire le petit jusqu'à votre maison. Est-elle loin d'ici ?

— Dix minutes au plus. Mais on ne me laissera plus sortir, n'ayant aucun motif valable à donner.

Il commençait à faiblir, sa surexcitation se calmait, il voyait la situation plus froidement.

— Voulez-vous que je revienne demain ? Fixez-moi l'endroit, l'heure.

Ses jambes fléchirent une seconde fois, il dut la soutenir pour l'empêcher de tomber.

— Elle murmurait : Perdue ! perdue !

Quand il la vit pâle, les yeux à demi-fermés, le sang lui monta au visage, il la serra contre lui à l'étouffer, il était ressaisi par la passion :

— Je ne t'abandonne pas, viens !

— Grâce, mon ami. Je voudrais mourir en ce moment étouffée, broyée par toi. Ce serait le bonheur suprême. Oui, je te suis sans te demander où tu vas me conduire, j'abandonne ma famille sans regret. Je vais mettre l'enfant à l'abri, près de la maison, s'il crie, sa mère l'entendra, viendra et le trouvera.

— Et toi, on te recherchera, on croira à un accident.

— Donne-moi ton carnet.

Il tira l'objet d'une poche de côté et le lui donna.

Elle s'en saisit, l'ouvrit et écrivit au crayon sur une page blanche :

« Je me laisse enlever, ne me cherchez pas.

                    Marguerite. »

Avec une épingle, elle attacha le feuillet sur la

poitrine de l'enfant et se prépara à le reconduire. En
un tour de main elle eut arrangé sa chevelure, mis
de l'ordre dans ses vêtements, et en faisant cette
toilette sommaire, elle avait des mouvements à faire
tourner la tête à l'homme le plus froid. Replaçant
ses cheveux en lourde couronne, elle se rejetait en
arrière ; le geste était gracieux et semblait naturel ;
la courbe harmonieuse des reins donnait aux hanches
et aux épaules une extraordinaire perfection et la poitrine en ayant laissait deviner les rondeurs sculptu-
rales des seins. Elle regardait Duclerc d'un air triste
et mutin où il y avait des sourires et des larmes, et
devant la muette admiration du jeune homme ses
yeux semblaient lui dire :

— Toutes ces beautés cachées sont à toi... à toi seul.

Lorsqu'elle eut terminé elle s'approcha de la petite
voiture. L'enfant, réveillé, s'était assis, jouant avec
les feuilles des arbres, s'amusant de la vue des
oiseaux et des papillons. Elle l'embrassa, attacha
avec une épingle le papier au sommet de la capote,
car sur sa poitrine il eut pu le prendre et le déchirer
de ses petites mains, et elle se mit en route en disant :

— A tout à l'heure, attends-moi.

Il la contemplait glissant doucement sur le tapis
épais, écartant sa tête des branches qui traversaient
le sentier, accomplissant ce geste avec une grâce
affolante. Un rayon de soleil, traversant la voûte de
verdure, tombait sur sa tête, s'allongeait sur son dos
comme un éclair et tout frémissant de crainte et d'es-
pérance, Duclerc murmurait :

— Reviendra-t-elle?

Et il lui prenait une envie folle de la rappeler, de courir après elle et de l'enlever. Il se contint. Quand elle arriva à un endroit où le sentier faisait un coude, elle s'arrêta, se retourna et mettant ses deux mains sur sa bouche, elle envoya des poignées de baisers au jeune homme et disparut, pareille à une ondine allant s'enfoncer dans l'eau limpide de la rivière.

Alors il se fit en lui une révolution. Il se sentit seul, il eut des accès de colère contre lui et des larmes jaillirent de ses yeux.

— Je l'ai perdue, elle ne reviendra pas, se dit-il.

Et il tomba sur le gazon, anéanti.

Au moindre bruit, il levait la tête, regardait autour de lui. Une feuille qui tombait, un oiseau qui se posait sur une branche, des petits animaux courant sur l'herbe rompant le calme qui l'enveloppait, l'irritaient. Il se sentait comme anéanti dans le silence imposant des choses. Quand il sortait de sa torpeur, il songeait à la jeune femme et s'imaginait avoir fait un rêve; puis il se rappelait les détails de leur rencontre et, anxieux, attendait s'il ne voyait point apparaître la fée qui l'avait rendu presque fou..

Il commençait à désespérer quand il entendit un frôlement de branches assez rapproché. Il regarda et, au tournant du sentier où avait lentement disparu Marguerite, il l'aperçut, souriante dans un cadre de verdure, accourant vers lui en tendant les bras. Comme un ressort, il s'était redressé et avant qu'il eut pu faire un pas, elle s'était jetée sur lui, se pendant à son cou et le couvrant de baisers.

— C'est bien toi! disait-il, je désespérais.

— Oui, c'est moi que tu presses sur ton cœur, moi qui t'embrasse, qui m'accroche à toi, qui ne veux plus te quitter.

— Merci, ma mignonne. Maintenant personne ne pourrait t'arracher à mon étreinte.

— Partons, mon ami, fuyons. J'ai laissé la voiture et l'enfant sur le trottoir, près de la maison, et me suis sauvée. Peut-être connait-on déjà ma fuite. Il ne faut point qu'on nous voie.

— Nous allons au chemin de fer?

— Non, on me connaît à la gare pour m'y voir souvent. Suivons à pied un chemin qui nous conduira loin d'ici et après nous verrons.

— Je ne connais pas la contrée.

— Moi très peu, mais assez pour nous éloigner de la maison de ma sœur.

— Conduis-moi.

Elle prit son bras. Ils quittèrent le sentier, se trouvèrent sur un chemin filant à travers champs et le suivirent.

— De ce côté, il n'y a pas de danger d'être rencontrés, dit-elle.

— Les habitants ne te connaissent pas?

— Si, par habitude, à force de se voir on se salue, mais sans se parler.

Quand ils eurent marché une demi-heure:

— J'ai faim, dit-elle.

— Nous allons bien rencontrer une auberge où tu pourras te reposer et manger.

Ils ne tardèrent pas, en effet, à trouver l'établissement en question, très modeste d'apparence. Ils entrèrent. Dans la salle commune étaient quelques campagnards qui, après une journée de travail sous le soleil, se rafraîchissaient et causaient entre eux avant d'aller rejoindre leurs ménagères. La servante les conduisit dans une pièce voisine où ils attendirent qu'on leur préparât un modeste dîner.

Le jour approchait de sa fin. A l'ouest, le soleil disparaissait dans une apothéose de feu, le ciel se couvrait d'une brume transparente, un vent léger se levait et rafraîchissait l'atmosphère embrasée.

Duclerc s'informa si l'on était loin d'une gare :

— Non, répondit l'aubergiste, vingt minutes de marche.

— C'est long. Et quand passe un train ?

— Oh ! pas avant deux heures.

— Merci.

La jeune femme le regardait.

— Je n'ai que mes vêtements, dit-elle, rien de rechange et pas moyen de trouver quelque chose ici.

— Je suis dans ton cas, mon amie, et ne me désole point.

— Comment allons-nous faire ?

— Tout simplement passer ici la nuit.

Elle protesta, rougissante.

— Cela te déplaît ? lui demanda-t-il.

— Oh non ! être avec toi, te sentir, te presser dans

mes bras, je n'ai plus peur des reproches qu'on pourrait m'adresser. Ma sœur viendrait nous trouver ici
que je la chasserais. Tu m'as promis de ne pas m'abandonner.

— Et je te renouvelle ma promesse, dit-il en l'attirant sur ses genoux.

Elle s'assit, s'appuya sur sa poitrine, le regarda et
ses lèvres brûlantes se posèrent sur les siennes.

Le lendemain, ils prenaient le chemin de fer pour
Paris et arrivaient dans la matinée chez Duclerc qui
fit voir, à sa compagne, son logement de garçon.

— Nous allons nous mettre plus grandement, lui
dit-il.

— Mon amour pour toi est grand, mon ami, dans
ce nid modeste nous serons toujours plus près l'un
de l'autre.

IV

Ils vécurent ainsi durant quelques semaines. De
plus en plus le jeune homme était sous le charme,
s'attachait à sa conquête et se félicitait de l'avoir
rencontrée :

— S'il y a un Dieu pour les ivrognes, il y en a un
aussi pour les amoureux, songeait-il.

Elle ne lui avait pas menti. Sa sœur et son beau-
frère, un ingénieur, ancien élève de l'Ecole Centrale,
habitaient bien un pavillon isolé, près de Juvisy,
Marguerite, le jour de son mariage, aurait une dot

de cent trente mille francs, c'était toute sa fortune ; comme il gagnait assez d'argent pour faire vivre un ménage largement, la dot n'avait pour lui qu'une importance relative, ce qui lui causait un réel plaisir c'était la conviction de n'avoir pas eu affaire à une de ces intrigantes qui se servent de leur beauté pour séduire les naïfs, les compromettre et finalement les dépouiller. Son père, qu'il avait chargé de toutes les démarches, s'en était acquitté consciencieusement ; le brave homme aimait son garçon, la façon dont il avait amené sa future l'avait bien surpris, mais enfin, si les renseignements étaient bons on passerait sur cette irrégularité du début.

Il vit le beau-frère et la sœur qui montrèrent une indignation qui lui parut exagérée.

— Qu'elle fasse ce qu'elle voudra, nous ne la connaissons plus, elle est pour nous, maintenant, une étrangère, s'écria M. Dupont, en roulant de gros yeux noirs à fleur de tête.

— Comment, monsieur, elle abandonne notre pauvre petit Henri à notre porte. Ce sont des passants qui, en l'entendant crier, ont sonné pour me prévenir. J'ai d'abord regardé à droite et à gauche si je n'apercevais pas Marguerite ; ne voyant personne, j'ai rentré la voiture et c'est en prenant l'enfant que j'ai vu le papier attaché à la capote. C'est honteux, dit Mme Dupont.

— Je reconnais que ce n'est pas une façon d'agir bien recommandable, répondit le bonhomme.

— Comment, continua la jeune femme en criant plus

fort, mais elle ne l'est pas le moins du monde recommandable! On a la morale large dans votre monde.

— Mon monde vaut le vôtre, madame.

— On y court après les dots. Ah! si ma sœur n'avait pas eu plus de cent mille francs, votre fils n'eut point songé à l'épouser, il ne l'aurait pas enlevée.

— Mon fils est au-dessus de ces questions d'argent. Il gagne par an douze mille francs, vous voyez que si un des deux fait un sacrifice d'argent, ce n'est pas votre sœur.

— Ah, dit l'ingénieur, il y a là en effet beaucoup de désintéressement et une preuve d'affection sincère. Mais pourquoi au lieu de faire une esclandre qui nous rend la fable du pays, n'est-il pas venu, ne s'est-il pas déclaré nettement?

— J'ignore absolument ce qui s'est passé entre eux.

— Comment se sont-ils connus?

— Je ne sais pas. C'est leur affaire.

— Que fait monsieur votre fils? demanda Mme Dupont d'une voix complètement radoucie.

— Il est dessinateur.

Et il cita la maison où Clément travaillait.

— Dans ces conditions, le coup pour être dur ne couvrira pas de ridicule ma belle sœur. Elle aura une excuse, celle de s'être éprise d'un honnête homme. Mais il y a toujours l'enlèvement, la séduction.

— Que voulez-vous? il est trop tard pour y porter remède. Tout ce qu'on pourra dire sur ce sujet sera inutile.

— Vous avez malheureusement trop raison.

— Alors vous assisterez au mariage puisque vous n'y faites plus d'opposition?

Les deux époux se regardèrent :

— Cela nous sera à peu près impossible, répondit Mme Dupont.

— Pour quelle cause?

— Parce que lorsqu'on a connu dans le pays l'enlèvement de Marguerite, on a ri, on s'est égayé de la manière par trop sans gêne, vous en conviendrez, dont elle s'est séparée de son neveu. Nous avons juré que jamais nous ne la reverrions et brusquement, comme cela, quelques jours après la faute, nous aurions l'air d'avoir été les complices, en fermant les yeux sur sa conduite, sachant que celui qui la courtisait avait une situation bien au-dessus de celle qu'elle pouvait espérer.

— Ce sont des scrupules un peu exagérés, mais après?

— Nous pourrons nous voir. Ce qui encore, nous retient c'est qu'un ami de mon mari, un jeune médecin avait demandé la main de Marguerite, était reçu ici comme un futur beau-frère et le pauvre garçon voit brutalement s'écrouler son avenir.

— Ce n'est pas gai, s'il était sincèrement amoureux, mais enfin il est préférable pour lui qu'on lui ait enlevé sa fiancée plutôt que sa femme. Car votre sœur ne l'aimait pas, elle l'aurait trompé ou eut quitté le domicile conjugal.

— C'est vrai, mais on doit tout de même tenir

compte de l'opinion des campagnards toujours portés à l'exagération.

— Enfin, comme tuteur, vous donnerez volontairement votre autorisation au mariage?

— Je vous le promets.

Le père Duclerc partit, M. Dupont l'accompagna jusqu'à la gare, ne le quitta que lorsqu'il fut en wagon et que le train commença de rouler. Quand il rentra, sa femme l'attendait avec impatience sur le pas de la porte de la rue :

— Il file sur Paris, le brave homme? demanda-t-elle.

— Oui, j'ai voulu m'assurer qu'il ne restait point ici dans un café où il eut pu entendre des choses fort peu agréables sur sa future belle-fille. Je leur souhaite bien du bonheur à tous.

— Nous allons être enfin tranquilles, que le mariage ait lieu le plutôt possible car tu sais, il y a des gens qui se feraient un vrai plaisir d'avertir les Duclerc, alors adieu notre espoir.

— Aussi gardons le silence jusqu'au jour de la cérémonie.

— Ton ami l'échappe belle.

— Ce pauvre Oscar, nous aurions dû le prévenir, mais il ne se doutait de rien. Il est désespéré et il a tort.

Les deux époux rentrèrent et embrassèrent avec effusion le petit Henri.

— Pauvre mignon, lui dit sa mère, tu vas avoir un oncle bien posé. Ta tante a eu l'esprit de se faire enlever par un amoureux très avouable, et qui sera responsable de ce qui pourra arriver dans son ménage. Si sa femme commet des légèretés on lui en rejettera la responsabilité. Si elle est raisonnable, que le mariage soit heureux, nous en bénéficierons tous.

La joie du couple avait une raison. Marguerite, leur sœur et belle-sœur avait reçu une instruction et une éducation complètes dont elle n'avait pas, malheureusement, profité. Après le mariage de sa sœur elle avait été placée, en attendant qu'elle se mariât à son tour dans une pension laïque de Blois, d'où on l'avait expulsée, ayant séduit un jardinier qui lui apportait des livres graveleux, des images très décolletées qu'elle trouvait le moyen de dissimuler et arrivait à faire voir à quelques-unes de ses compagnes. On s'aperçut bientôt que trois ou quatre grandes pensionnaires prenaient des allures qui n'avaient rien de chaste. Leurs gestes, leurs regards, leurs rires excitèrent la crainte on les surveilla, tout fut découvert.

Les parents, avertis, vinrent les chercher, le jardinier fut chassé, un gros scandale se trouva évité.

M. et Mme Dupont mirent Marguerite dans un autre établissement, et prévinrent d'exercer sur elle une surveillance de tous les instants, sans dire le motif réel. Elle était jeune, vingt ans, passionnée d'indépendance, on lui trouverait un mari. Mais deux semaines n'étaient point écoulées qu'elle embrassait des compagnes moins âgées qu'elle et leur tenait un langage à faire rougir un cuirassier. Elle fut encore expulsée, pas seule, elle entraînait toujours quelques victimes de ses effroyables leçons.

On se décida à la mettre dans un établissement du quartier Saint-Jacques, dirigé par des religieuses et reconnu par l'Etat. Toutes les pensionnaires étaient des jeunes filles dépravées que l'on tentait de guérir. La règle très sévère, très dure pour les plus indisciplinées n'arrivait pas à les dompter. Elles ne se parlaient qu'en présence d'une sœur, couchaient seules, dans des cellules fermées à double tour dès qu'elles y entraient, le soir. Pas un homme ne pénétrait dans cette demi-prison, tout entourée de hauts murs au pied desquels courait un chemin de ronde où des surveillantes passaient la nuit à écouter en se promenant, les moindres bruits de l'intérieur.

Mlle Lerouge comprit que cette fois, elle était bien prisonnière et qu'il serait impossible d'entretenir des correspondances au dehors et des intimités au dedans. Cela ne lui fit pas peur. Elle songea à fuir, comment ! elle attendrait l'occasion et comptait surtout sur le hasard.

Elle se montra d'abord très soumise, d'un caractère égal, d'une douceur angélique. Sa piété semblait vive. Elle entendait les yeux baissés les conseils très sages et très discrets des sœurs et soupirait quand on lui rappelait ses fautes. On l'aima pour sa résignation mélancolique.

Tout en ayant l'air d'écouter les homélies et les recommandations, au cours de ses promenades dans le vaste jardin, elle jetait de tous les côtés des regards furtifs, cherchant à découvrir quelque chose pouvant lui être utile dans le projet de fuite qu'elle préparait dans sa tête. Elle vit des échelles au long d'un mur, une était de grandeur raisonnable, semblait légère et d'un maniement relativement facile. Sa figure s'empourpra, ses yeux brillèrent, la sœur qui s'aperçut de ce changement crut que les passions un instant calmées allaient donner lieu à une de ces crises, habituelles à leurs élèves ou celles-ci perdant toute retenue, débitent le vocabulaire des femmes de trottoir.

— Qu'avez-vous, ma chère fille? lui demanda-t-elle.

— Rien ma sœur, répondit-elle en baissant les yeux.

— Chassez les pensées mauvaises, mon enfant soyez victorieuse de vous même.

— Je ferai tout ce qui est possible, ma chère sœur pour me maîtriser et j'espère, grâce à votre appui, voir mes efforts couronnés par le succès.

— C'est parfait. Avec la prière vous arriverez à redevenir une jeune fille honnête et plus tard une digne mère de famille.

— Que Dieu vous entende et veuille bien m'exaucer.

— Il vous aidera si vous ne vous abandonnez pas.

La rusée pensionnaire avait pris le bras de la religieuse qu'elle serrait fortement. Sa voix devenait tremblante, elle eut une envie folle d'embrasser la sœur sur les yeux, sur la bouche, donner libre cours à son langage lascif. Elle se contint, songeant qu'un pareil accès serait puni du cachot et ensuite suivi d'une surveillance plus active.

— Vous êtes émue, chère petite.

— En songeant à mon passé.

— Qui ne sera plus bientôt qu'un triste et mélancolique souvenir quand vous serez entre un mari affectueux et un enfant qui vous sourira.

— Suis-je digne de ce bonheur que vous me faites entrevoir?

— Les vertus que vous êtes en train d'acquérir vous en rendront digne, certainement.

— Merci de vos bonnes paroles qui me vont au cœur.

— Rentrons, ma mignonne la nuit approche, les jours sont courts en septembre, on va faire la prière, puis dîner. Elles se dirigèrent lentement vers la chapelle, toute pleine d'ombre à peine éclairée par les derniers rayons du soleil couchant, quelques lampes brillaient dans la demi-obscurité. Les bancs se peuplèrent des pensionnaires et des maîtresses, une élève tenait l'harmonium qui accompagnait les chants précédant la prière qui fut dite par une sœur. Un cantique avec accompagnement termina la cérémonie, puis, silencieusement, maîtresses et élèves se rendirent au réfectoire et ensuite chaque jeune fille fut conduite à sa cellule et mise sous clef.

La supérieure se fit rendre compte de la conduite des pensionnaires, écouta tous les rapports et se montra surtout attentive à celui de sœur Saint-Exupère, qui surveillait Mlle Lerouge.

— Prenez garde, ma sœur de vous laisser tromper, d'être la dupe d'une hypocrite, dit la mère supérieure.

— Il est impossible d'être hypocrite à ce point ma mère.

j'ai une chemise à lui, il m'a acheté ce peignoir, payé
mon chemin de fer, il s'est montré fort aimable. A
présent, n'est-ce pas, point de reproches, j'ai faim,
je suis fatiguée, donnez-moi à manger et ensuite
j'irai me coucher, car le lit du brave gardien est dur,
un matelas bien plat et des draps rugueux.

Voyant le couple ahuri, debout devant elle et roulant des yeux furibonds, elle se leva, alla au garde-
manger, se servit elle-même, et monta dans sa
chambre en chantonnant.

— Elle est au niveau des filles du trottoir, dit
Mme Dupont.

— C'est là qu'elle finira, répondit son mari.

Ils se couchèrent.

Le lendemain, Marguerite, levée de bonne heure,
se préparait un bain, s'habillait coquettement et à
dix heures paraissait à la salle à manger où se trouvait seule sa sœur.

Où est ton mari? lui demanda-t-elle.

— A Paris, prévenir que tu es retrouvée.

— C'est bien, mais je préviens, à mon tour, que je
ne veux pas retourner dans cette prison, ni dans une
pension quelconque, ou je fais une esclandre.

Mais il me semble que ce que tu viens de faire peut
sans exagération, être qualifié d'esclandre.

— Tu crois? Laissons ce sujet et causons d'autres
choses.

— Vraiment on ne se douterait pas que tu t'es
livrée à un gardien de la paix. C'est honteux. Qu'es-
pères-tu? Quel projet as-tu en tête?

Je demeurerai avec vous.

— Jusqu'à une prochaine frasque.

— Je ne sais pas. Peut-être trouverai-je un mari.

— Que le ciel t'entende.

— Je suppose que le ciel ne se mêle pas de mes petites affaires, cela lui donnerait bien de la besogne.

— Et une besogne malpropre.

— Heu! heu! comme tu dis cela. Il y a tout de même de bons moments. Nous verrons au retour de ton mari, ce qu'il y aura à faire.

M. Dupont rentra vers midi. Il avait causé avec la directrice de l'institution, la brave femme et ses compagnes étaient tranquilles. Elles avaient déclaré qu'à aucun prix elles ne se chargeraient de garder Marguerite.

— Elle va demeurer avec nous, dit Mme Dupont.

— En voilà une responsabilité.

— Si on lui trouvait un mari...

— Elle se marierait?

— Elle vient de me l'affirmer.

— Alors, la situation n'est pas aussi mauvaise que je craignais. Avec ses cent-trente mille francs, sa beauté, son esprit, on rencontrera bien un épouseur.

— Ton ami, qui vient d'être reçu docteur.

— Ce brave Oscar; il n'est pas riche et sera flatté, content d'épouser une jeune fille instruite, d'une beauté rare, on peut le dire, et une dot qui permettra d'attendre la clientèle sans trop sentir la misère.

Le nouveau docteur, qui venait deux ou trois fois par mois dîner chez l'ingénieur, savait que la belle-sœur existait, mais il ne l'avait jamais vue et quand, pour la première fois, il se trouva en face d'elle il fut ébloui. Son regard était si doux, son front si pur, ses joues si fraîches, son sourire si séduisant. Cette opulente chevelure qui entourait la tête comme une couronne, laissant voir les oreilles délicates, la nuque couverte de frisons dont l'ombre légère donnait à la peau beaucoup plus d'éclat. Et la finesse de la taille, les trésors du corsage, les hanches pas trop développées, comme celles des statues grecques. Le pauvre garçon se sentit saisi et à la seconde rencontre il prit à part Dupont et lui dit qu'il avait une chose grave à lui faire connaître. L'ingénieur civil se douta bien de la confidence qu'il allait recevoir, mais affecta l'étonnement :

— Voyons, mon ami, quel service puis-je vous rendre?

— Ce n'est point un service que j'ai à vous demander. Je veux simplement vous prévenir qu'à partir d'aujourd'hui, je cesse ici mes visites.

— Pourquoi donc? Est-ce qu'on vous aurait froissé? Ce serait alors sans le vouloir et je m'en excuserai immédiatement.

— Je n'ai pas pu voir Mlle Marguerite sans être séduit par sa beauté.

— Cela n'a rien de surprenant, vous n'êtes pas le premier homme sur qui elle a produit cet effet.

— Cette admiration est devenu de l'amour.

— Elle est assez jolie pour captiver un homme, fut-il médecin. Je ne vois pas là un péché bien grave.

— Elle est presque riche et je n'ai rien, rien que mon diplôme de docteur.

— C'est quelque chose. Et votre honnêteté, votre existence rangée, ça compte.

— Ce n'est pas de l'argent, donc je me bannis moi-même de votre maison.

— Ecoutez, mon ami, je serai franc avec vous comme vous l'êtes avec moi. Nous tenons à marier Marguerite, elle a dépassé vingt ans et s'ennuie avec nous. Elle aimerait, bien qu'elle ne nous en ait pas fait la confidence, autant promener ses enfants que le nôtre et avoir son chez elle, être sa maîtresse. Je vous connais, continuez de venir, faites votre cour et tâchez de plaire.

Le jeune médecin fut agréablement surpris et remercia Dupont qui lui dit :

— La question d'argent, pour nous, n'est rien. Avec la dot de Marguerite vous aurez l'avenir certain, ayant assuré, le présent.

— Eh bien, avec votre autorisation, je continuerai à vous voir.

— Oui, oui.

Le pauvre garçon, confiant dans son ami, fit sa cour à la jeune fille, elle reçut en rougissant ses déclarations et baissait les yeux quand il la regardait en lui pressant les mains.

— Je crois que nous allons être délivrés de ta sœur, dit l'ingénieur à sa femme.

— Le plutôt sera le mieux. Pourquoi ne fait-il pas sa demande officiellement.

— Elle lui impose par ses mines, son air timide et embarrassé et lui dit d'attendre, que rien ne presse. Oh ! elle est rusée, la farceuse.

— Il faudrait aller plus vite au but, car les escapades de Marguerite sont connues de beaucoup de personnes et si ces histoires arrivaient à Oscar, adieu le mariage. Il faut la presser.

Mais quand on parlait à la terrible jeune fille de fixer une date pour cette union que l'on désirait voir se conclure, elle répondait tranquillement :

— Rien ne presse. Le docteur m'amuse avec ses soupirs, ses roulements d'yeux, ses serrements de mains. J'ai peur, qu'il soit un mari platonique.

En attendant, elle faisait des avances à un cordonnier, un forgeron, un boucher, tous trois jeunes et robustes, et quand elle allait promener son neveu, l'un ou l'autre l'attendait et tous les trois étaient heureux. Des campagnards avaient surpris plusieurs fois les amoureux se croyant bien à l'abri, loin du village, dans des luzernières, des champs de blé, des futaies, et quand Marguerite passait on demandait à qui était le tour.

Elle venait enfin de dire oui, lorsqu'elle rencontra Duclerc, se laissa séduire et enlever. Ce qui la décida fut d'abord la carrure et l'air robuste du dessinateur; c'était autre chose que le gringalet de médecin qui ne savait que soupirer et serrer timidement les doigts. Duclerc, au contraire, l'avait pressée, à lui briser les os, promenant sa large bouche sur ses joues, ses yeux, son cou. Sa conquête ne fut pas difficile, seule-

ment elle se ressaisit après s'être abandonnée, pleura
son honneur perdu, sa réputation compromise, et
obligée de fuir le pays sous les moqueries. Elle se
laissa enlever se disant qu'elle arriverait à se faire
épouser et gagnerait au change de toutes les façons :
un homme robuste et gagnant de l'argent, ce qui lui
assurait une existence heureuse. Cette détraquée
savait compter, et à l'agréable, joindre l'utile.

VI

Quand elle fut mariée, ses manières changèrent,
elle eut des instants de tristesse. Duclerc l'aimait et
souffrait lorsqu'ils étaient séparés même pour quelques heures et pourtant des séparations momenta-
nées s'imposaient par les nécessités d'un travail
régulier. Aussitôt sorti de son bureau, il accourait
chez lui, se mettait aux pieds de son idole et lui dé-
couvrait chaque jour une beauté nouvelle, un charme
de plus. Ce gros garçon était attiré et séduit par la
beauté plastique de sa femme, ne se passionnait que
pour sa chair, l'accablait de caresses brutales comme
il eut fait pour une fille. C'était son bien, sa chose,
il en jouissait bestialement, ne s'occupant ni de son
esprit, ni de ses goûts autres que des goûts sensuels.
Marguerite après un mois de cette existence qui
lui plaisait pourtant, paraissait s'ennuyer, soupirait
et ne s'animait que sous les baisers de son mari.
Alors elle semblait oublier, ses préoccupations dis-

paraissaient, et la reprenaient aux heures de solitude.

Ils allaient se promener aux Champs-Elysées, au bois, et de leur voiture de louage elle regardait avec envie les équipages luxueux des demi-mondaines et des femmes mariées entretenues, toutes moins belles, moins séduisantes qu'elle et qui pourtant trouvaient des hommes pour payer leurs fantaisies coûteuses. Jamais son mari ne gagnerait assez pour l'élever au niveau de ce public féminin qui est un des plus grands attraits du Paris qui s'amuse.

Elle les rencontrait au théâtre, celles dont elle enviait le sort, étalant leur faste, couvertes de soie, constellées de diamants, attirant tous les regards. Duclerc, en véritable parisien, connaissait leurs ruses, leurs origines et niaisement, racontait tout à sa femme, s'étendant sur les détails, pour se donner l'air bien renseigné, et elle l'écoutait avidement, gravant dans son cerveau chacune de ses paroles.

Si elle rencontrait un de ces millionnaires qui lui offrit ce luxe qu'elle enviait elle l'accepterait pour amant, mais son mari ne voudrait point remplir le rôle tenu par beaucoup d'autres qui n'ouvrent les yeux que pour tenir la comptabilité du ménage et ne voient pas ou plutôt ne s'inquiètent pas d'où vient l'argent.

Duclerc était honnête, il se tuerait ou la tuerait s'il s'apercevait de quelque chose, c'était une extrémité qu'elle voulait éviter, ou au moins l'abandonnerait, elle tenait à le garder, vivre à ses côtés, le sentir, entendre sa grosse voix débiter des plaisanteries banales sur les femmes et les maris trompés. Elle l'aimait à sa façon avec ses sens, jamais elle ne rencontrerait un amant aussi passionné. Elle, câline, lui avait appris des choses que ne connaissent que celles qui vivent uniquement de l'amour, l'écolier était devenu maître, elle ne voulait pas que d'autres profitassent de ses leçons. Elle sentait se contracter son cœur lorsqu'elle voyait se fixer sur lui le regard d'une femme et souffrait d'une jalousie atroce qui l'eut poussée au crime. Et pendant leurs épanchements elle lui répétait sans cesse :

— Je te veux pour moi seule, tu entends. Si tu me trompais je tuerais ta complice.

Et il la serrait dans ses bras :

— Tu sais bien que je t'aime ! lui disait-il.

— Oh oui, aime-moi bien, continue de m'aimer.

— Toujours, toujours, quoique tu fasses.

Elle fixait sur lui ses grands yeux fatigués.

— Oh, si je faisais certaines choses, disait-elle, tu te fâcherais.

— Non.

— Même si j'avais un amant.

— Tu dis des bêtises.

— Peut-être.

— Tais-toi, folle, aimons-nous, c'est notre vie à tous les deux.

— L'amour n'est qu'une partie de la vie.

— Que te manque-t-il ?

— De l'argent pour pouvoir en dépenser beaucoup, beaucoup

— Tu en as.

— Pas assez. Je voudrais éclipser par mon luxe toutes ces femmes du monde dont les journaux citent les noms, détaillent les toilettes, racontent les aventures. Je suis plus belle que la plus belle, mais notre modeste aisance me laisse dans l'ombre.

— Tu serais bien avancée quand on ferait l'éloge de ta beauté, de ton goût, de ton train de maison, tu ne m'en aimeras pas plus.

— On ne sait pas.

— Parce qu'on envierait mon bonheur de posséder la femme la plus belle de Paris, qu'on parlerait d'elle dans les clubs, qu'au théâtre ou aux courses toutes les lorgnettes seraient braquées sur elle. Je t'ai eue pure, je te garde telle que tu es, bonne, aimante, me livrant ton corps admirable qui est à moi et dont seul je contemple la splendeur quand il me plaît.

En l'entendant parler avec cette confiance, elle souriait, baissait ses longs cils et, imperceptiblement, haussait les épaules, se disant :

— Pauvre garçon, s'il savait !

Il ne savait pas. Lui qui se croyait très connaisseur en amour parce qu'il avait séduit des petites ouvrières qui n'avaient résisté que pour la forme à un porte-monnaie bien garni, ne s'était jamais demandé comment, pour quelle cause sa femme s'était livrée à lui dès leur première rencontre. Il est vrai qu'il s'était montré, pressant, très entreprenant, mais si elle eut protesté, menacé, crié il se serait contenté des serrements de main, des chauds baisers du début, demandant un rendez-vous qu'elle ne lui aurait certainement pas refusé.

Puis après leur fuite, le tempérament excessif, les excitations, les raffinements dignes d'une débauchée ayant une longue expérience ne l'avaient nullement frappés. Il avait trouvé tout simple que cette pensionnaire timide eut, du jour au lendemain, tous les vices et dans des moments d'oubli le langage d'une professionnelle de la débauche. Elle riait de sa naïveté.

Il l'avait présentée à son patron, M. Henry Moore, homme d'une cinquantaine d'années, aux cheveux grisonnants, la figure rasée ne portant que la moustache. M. Moore était marié, père de deux enfants une fille de vingt ans et un garçon de dix-huit. Une fois l'industriel invita à dîner les nouveaux mariés et cette première entrevue où il put causer un peu plus longuement avec Marguerite lui laissa une impression mauvaise. Quand ses invités se furent retirés, il se reprocha d'avoir jugé aussi brutalement une jeune femme dont les façons un peu libres n'avaient peut-être pour cause que l'inexpérience. Il voulut avoir l'opinion de Mme Moore :

— Que dis-tu du jeune couple ? lui demanda-t-il.

— Rien, mon ami. Je n'ai rien à en dire.

— Si je devine ta pensée, tu n'as rien à en dire aujourd'hui, mais il faut tenir à distance madame Duclerc.

— Il me semble. Elle a un drôle d'air. Elle te regardait ainsi que ton fils avec des yeux.

— N'exagères pas. Elle n'a nullement l'intention de nous tourner la tête, à moi surtout.

— Je ne veux pas me prononcer comme cela, tout de suite. Je pourrais me tromper.

— Attendons. Dans quinze jours nous donnons un dîner qui sera suivi d'une sauterie pour les jeunes. Je surveillerai madame Duclerc, de ton côté fais de même.

— Oui. Mais je ne veux pas, tu entends, je ne veux pas qu'elle soit seule avec ta fille, même une minute.

— C'est peut-être prendre un peu trop de précautions. Devant le monde il n'y aura pas de danger.

— On cause, entre jeunes filles, on échange à l'oreille des réflexions et je n'ai aucune confiance en madame Duclerc. C'est plus fort que moi.

— J'espère, je désire que tu te trompes, mais il vaut mieux exagérer les précautions pour n'avoir point à se repentir plus tard d'une confiance trop grande.

Lorsque M. Moore invita Duclerc et sa femme au dîner, celle-ci se montra enchantée quand son mari lui fit part de l'invitation.

— Tu as produit certainement un excellent effet sur nos patrons lui dit-il.

— Tant mieux, cela me fait plaisir. Dit-on qui assistera à ce repas :

— Des amis probablement. Mais je crois que le banquier de la maison, Noel Morin, en sera.

— Quel homme est-ce?

— Très laid. Gros court, blafard, d'une graisse luisante, mais immensément riche.

— Vieux?

Soixante ans, dit-on, ce qui ne l'empêche pas de courir les femmes.

— Il les paye?

— N'en doute pas. Une masse de saindoux comme lui, pour qu'une femme jeune ne lui refuse rien, n'a qu'un moyen de séduction : l'or. Enfin n'est-ce pas, fais-toi belle, plus belle que d'habitude pour cette soirée. Il faut que l'on t'admire.

C'était bien dans l'idée de Marguerite de vouloir être admirée. Aussi se prépara-t-elle à se montrer dans tout son éclat. Elle eut le tact de n'avoir pas une toilette qui put faire causer par son prix et le nom du grand faiseur, mais plutôt modeste, et de coupe parfaite, laissant deviner la beauté de celle qui la portait. Sa position lui permettait des bijoux, elle n'en n'abusa point, bagues, bracelet, collier, pendants d'oreilles étaient de bon goût et sa chevelure superbe semblait, sous son poids, faire pencher légèrement la tête. Ce fut un cri d'admiration quand elle entra au salon où l'on dansait, au bras du banquier Morin.

A côté de ce personnage aux jambes courtes, au ventre énorme, qui se dandinait lourdement, sa beauté parut encore plus éclatante.

— Je suis heureux, madame, d'entendre les murmures flatteurs que cause votre arrivée, lui dit-il.

Il la conduisit à un fauteuil. Semblable à une déesse,

elle traversa les groupes qui s'écartaient sur son passage. Les hommes l'admiraient, les femmes la jalou-
saient. Cette soirée fut pour elle un triomphe, le banquier d'un air protecteur, venait lui parler entre deux
danses.

— Vous allez compromettre cette jeune femme, lui
dit en riant un invité.

— A mon âge et taillé comme je le suis, on ne peut
plus compromettre une merveille telle que madame
Duclerc, répondit-il. Un gnome n'a pas le droit d'aimer.

Habilement il se moquait de lui-même, ce qui cou-
pait court à toutes les plaisanteries auxquelles on eut
pu se livrer sur ses difformités, ce qui ne l'empêcha
pas de faire une cour assidue à Mme Duclerc qui riait
de ses propos, mais les écoutait avec complaisance.
Elle le regardait des profondeurs de ses prunelles
brunes et lui, ne pouvant supporter ces yeux si doux,
si séduisants, clignotait, laissant retomber ses lourdes paupières gonflées et sans cils sur les clartés
vagues, indécises qui animaient un peu sa physionomie.

Elle s'appuyait sur son gros bras et sous ses pressions douces, qui semblaient causées par la fatigue,
et n'étaient qu'un moyen habile de séduction, M. Morin se sentit pris par cette splendide créature, son
corps massif tremblait sous le moindre mouvement du
corps, son cerveau était troublé par les odeurs grisan-
tes des vêtements et de la peau. Il croyait à la naïveté,
à l'ignorance de la jeune femme et mettait sur leur

compte quelques réflexions un peu vives, des regards qui semblaient tout promettre.

— Si cette merveille avait été élevée à Paris, se disait le banquier on pourrait prendre ses étourderies pour des avances.

Et, perplexe, il se demandait ce qu'il devait faire. Sa résolution fut prise promptement :

— A tout hasard, je me risque, se dit-il. Je n'ai à compter ni sur mon esprit ni sur ma beauté, je n'ai que mon argent. Si j'échoue j'attendrai à plus tard, pour tenter une attaque nouvelle.

— Vous ne dites rien, monsieur, lui demanda-t-elle, en voyant son mutisme.

— Que voulez-vous que je vous dise que cent fois, mille fois on n'ait rebattu vos oreilles.

— Quoi donc ?

— Que vous êtes adorable.

— En effet, j'ai entendu souvent cette phrase. Vous même depuis une heure me l'avez plusieurs fois répétée. Continuez.

— Vous méritez une situation mondaine autre que celle, trop modeste, ou vous brillez.

— Il faut savoir se contenter de la position où le hasard, les évènements si vous préférez, vous ont placé.

— Il faut corriger le hasard et arriver à un autre résultat.

— Lequel, s'il vous plaît ?

— Est-ce que les toilettes merveilleuses que l'on voit à l'étalage de certain grand couturier, destinées

à des beautés de convention dont on voit écrit sur
une pancarte, le nom de la destinataire et le prix
du costume ne seraient pas mieux sur vous qui êtes
la perfection même.

— J'ai vu en effet le vêtement dont vous parlez.
Celle qui doit le porter est belle, certainement.

— Allons donc, une beauté de convention, il y a du
snobisme dans son cas. Parce qu'elle a été lancée par
une des personnalités les plus en vue de ce qu'il est
convenu d'appeler le tout Paris, c'est-à-dire le Paris
viveur habitué des cabarets à la mode, répandu dans
le monde des journaux qui citent chaque jour les
noms des membres de cette tribu peu nombreuse et
occupe une place si grande dans les esprits, grâce à
une réclame effrénée, des imbéciles riches ont voulu
avoir cette fille, l'ont déclarée belle et d'autres ont
répété la même phrase et un beau jour on a affirmé,
à l'Opéra et dans les beuglants des faubourgs popu-
laires que Paris renfermait une merveille de beauté
et d'esprit.

— C'est peut-être vrai?

— Vous savez bien que non. Dans les établisse-
ments de bouillons, il y a des centaines de jeunes filles aussi belles et aussi spirituelles, c'est-à-dire aussi
bêtes que l'idole du jour qui profite habilement de
l'engouement momentané qu'elle a fait naître pour
établir sa fortune.

— Convenez que c'est assez habile.

— Certainement. D'autant plus habile que le prix
du costume, celui des diamants étant affichés c'est

un avis direct aux amateurs : si vous me voulez, voilà mon tarif actuel, il faudra le dépasser. Et il se trouve des toqués, des vaniteux pour mettre des surenchères.

— On ne peut empêcher cela.

— Évidemment; aussi je ne blâme pas je constate.

— Mais vous-même, n'avez-vous jamais été tenté de surenchérir ?

— Non je ne me suis jamais laissé prendre à ce piège grossier.

— Vous êtes un sage.

— Raisonnable, seulement.

Elle le regarda :

— Vous pouvez cependant sacrifier beaucoup à vos caprices ?

— Certainement. Mais si ce caprice était une passion réelle, alors au lieu de fixer d'avance la somme que je veux dépenser, je dirais à l'objet de cette affection : Que désirez-vous ? hôtel à Paris, château à la campagne, dépensez et je solde sans protester, heureux d'avoir fait la joie de mon idole.

— C'est bien, mais cette belle passion durerait-elle ? ce pourrait bien n'être qu'un feu de paille.

— Voulez-vous essayer ?

— Moi mais vous m'avez à peine vue quelques instants.

— Qui ont suffi pour me rendre fou, faire de moi votre esclave.

Il y eut un moment de silence. Morin se demandait toujours s'il n'avait point affaire à une rouée à l'air candide et sentait naître dans son esprit la méfiance.

SOUS LES ORMES

Il réfléchit que Marguerite était récemment mariée à un homme ayant toute la confiance de son patron qui certainement ne la recevait chez lui qu'après s'être bien renseigné.

— Séparons-nous, lui dit-elle, ne donnons pas prise à la médisance.

— Quand nous reverrons-nous ?

— Vous êtes bien pressé.

— Oui, il me faut une réponse. Quand pourrai-je vous parler.

— Après demain, ou vous voudrez.

Il lui donna pour midi l'adresse d'un grand restaurant.

— Je vous attendrai dit-il.

Cette conversation entre le banquier et la jeune femme avait eu lieu en allant du salon au buffet, et les invités s'amusaient de cette masse de graisse adressant des sourires et des compliments à la jeune femme moqueuse dont la beauté éclatante le faisait paraître plus laid encore.

— Elle a dû joliment se moquer de lui, se disait-on, et il a pris ses sourires pour des encouragements, ses phrases banales et simplement polies, peut-être railleuses, pour des vérités.

Mais sur M. Moore, l'impression fut différente :

— Cette coquette ne mettra plus les pieds ici, dit-il à sa femme quand ils furent seuls.

— J'allais te dire la même chose, lui répondit-elle, s'afficher ainsi avec M. Morin, c'est impardonnable. C'est plus que de l'étourderie.

— C'est la façon d'agir de la femme qui cherche à se faire entretenir, ma chère amie. Il faut s'attendre à un scandale.

— Pauvre monsieur Duclerc, si honnête, si confiant.

— Il a mal placé sa confiance en épousant sa femme.

Quant à Mme Duclerc, assise à côté de son mari dans la voiture de place qui les conduisait chez eux, elle songeait à Morin, à sa proposition et tranquillement, sans éprouver la moindre hésitation elle se dit qu'elle irait au rendez-vous, et s'arrangerait pour ne pas, dès le début, se compromettre, plus tard, elle verrait. Son mari partait le matin à neuf heures et rentrait à midi, pour le déjeuner. Elle lui dit qu'une amie, rencontrée par hasard, mariée récemment l'avait invitée à passer la journée chez elle, il serait gentil s'il voulait lui permettre cette petite fantaisie. Sans demander aucune explication Duclerc accorda l'autorisation en échange de quelques gros et bruyants baisers :

— J'irai de mon côté inviter un ami pour ne pas manger seul au restaurant, répondit-il, et nous nous retrouverons ici le soir.

— Oui, à l'heure habituelle.

Le lendemain dès que Duclerc eut quitté le domicile conjugal, qu'elle l'eut vu suivre sans se presser le trottoir de la rue et disparaître à un tournant, elle ferma la fenêtre et prépara son départ. Elle mit une toilette très simple, mais d'une élégance suprême et quand elle fut habillée se contempla dans une glace.

— Cette coiffure me va très bien, se dit-elle en portant une main blanche au léger et gracieux chapeau qui surmontait sa chevelure opulente. Regardant sa poitrine : je ne suis pas trop décolletée pour être qualifiée d'indécente, mais assez pour exciter le banquier. Que va-t-il me dire ? Que va-t-il me proposer ? comment rentrerai-je ici? Mon cher mari ne se doute pas de ce que fait et va faire sa femme et pourtant si lui voulait se distraire, revoir une ancienne amie, il ne ramènerait ici que son corps fatigué. Mais non, il ne songe pas à me tromper.

Elle descendit, agacée par cette idée, arrêta une voiture qui passait et se fit conduire au lieu du rendez-vous. Elle paya vivement son cocher, pénétra dans l'établissement et demanda M. Morin. On la conduisit au petit salon où elle était attendue.

Quand le gros banquier entendit frapper discrètement à la porte, il la vit s'ouvrir sans bruit, le garçon s'effaça ; Marguerite parut ils se trouvèrent seuls.

— Vous êtes exacte, lui dit-il en lui prenant une main qu'il porta à ses lèvres épaisses et humides.

Elle eut un mouvement de dégoût, et retira sa main, dont le gant d'une blancheur immaculée portait des traces du baiser. Elle souleva son voile.

— Voulez-vous que j'appelle pour que l'on vous aide à enlever...

— Non, non, interrompit-elle, je n'ai besoin de personne.

Gracieuse, elle se débarrassa du long et souple vêtement de dessus dont elle s'était enveloppée, retira son chapeau, se déganta. Il admirait ses moindres gestes, était là debout, à quelques pas d'elle, la regardant, la face plus blême encore que d'habitude, la bouche entr'ouverte :

— Que vous êtes belle, dit-il.

— On me l'a dit souvent.

— Je vous aime.

— J'ai entendu bien des fois ces trois mots depuis que je suis mariée, même avant, quand je quittai ma pension.

Elle regardait curieusement les glaces, les fauteuils, le canapé, tout l'ameublement vulgaire de la pièce :

— Je suis donc dans un cabinet particulier se disait-elle.

Il la fit s'asseoir, se montra aimable autant qu'il lui était possible, pressant même. Il prolongea savamment le repas, mais lorsqu'il risquait une attaque trop vive elle le repoussait :

— Je ne suis pas venue pour cela, lui répétait-elle sans cesse.

— Pourquoi donc ?

— Par curiosité, mon mari n'a jamais voulu me conduire dans ces cabinets particuliers dont on parle dans les romans. J'ai voulu voir.

— Et si au lieu de moi, c'était votre mari qui fut ici ?

— Je ferais ce qu'il voudrait et il voudrait beaucoup, elle souriait montrant ses dents blanches, fermant à demi ses grands yeux tout pleins de désirs.

— Ah il est heureux, votre mari.

— Il ne se plaint pas.

— Et vous l'aimez?

— Assez pour être jalouse.

— Il a toutes les chances.

Il était près de trois heures quand la jeune femme se leva.

— Je dois rentrer, dit-elle.

— Quoi, vous me quittez; mon coupé est en bas, nous pourrions faire un tour au bois.

— Non, je ne peux pas.

— Vous seriez la reine de toutes les femmes, qui mourraient de jalousie en vous voyant.

— Les hommes vous envieraient.

— Cruelle, vous vous moquez de votre victime.

Il se demandait s'il n'avait point avec lui une curieuse dépravée, mais ne voulant pas se livrer.

— Oh! ma victime serait vite consolée.

Il eut une minute d'hésitation, sonna, demanda une plume et de l'encre, écrivit sur un feuillet détaché de son carnet quelques mots et après avoir mis sous enveloppe et cacheté cette lettre il la donna à un chasseur en lui disant d'aller la porter à son adresse, qu'il attendait la réponse.

— Soyez assez aimable pour demeurer encore quelques instants, dit-il à la jeune femme.

— Pourquoi donc?

— Vous le saurez tout à l'heure.

Elle prit un fauteuil et fixant le banquier :

— Vous abusez de la situation en faisant de moi votre prisonnière.

— Je vais vous rendre à la liberté.

Peu inquiète sur son sort, elle attendit. Le banquier était fiévreux, il se promenait autour de la table, soufflant comme un phoque, s'épongeant le crâne avec sa serviette.

— Il est encore plus laid que je supposais, songeait Marguerite en regardant les protéburances de la tête, très grosses, ayant poussé un peu au hasard. Comme bordure à ce tableau naturel une couronne de cheveux allant d'une oreille à l'autre, se réduisant à presque rien près du cou. Et les oreilles velues, grosses, comme taillées avec un couteau dans une planchette par un gamin.

— Décidément c'est un monstre, avec cela l'acné qui lui fleurit le visage de gros boutons violets.

Et pour le rendre encore plus hideux, elle relevait ses jupes, montrait un pied et une jambe admirable qui disparaissait dans les broderies du pantalon. Elle faisait ce mouvement d'un air très naturel, ne paraissant pas se douter du chef-d'œuvre qu'elle laissait voir. Lorsqu'elle se baissait, Morin pouvait de son regard glabre, voir les seins fermes, arrondis comme une coupe destinée aux sacrifices d'une divinité de la Grèce. Il s'impatientait, trouvait que la réponse qu'il attendait n'arrivait pas assez vite, jurait contre la lenteur du garçon qui parut enfin accompagné d'un jeune homme très correctement vêtu, porteur d'une sacoche paraissant bien remplie.

— Ceci est pour moi, se dit Marguerite.

— Vous me connaissez, monsieur? dit le banquier au nouvel arrivant.

— Parfaitement, monsieur Morin.

— Voulez-vous attendre un instant que je regarde ce que vous apportez et que je fasse mon choix.

— Très bien, monsieur.

Il ouvrit la sacoche, en sortit des écrins de dimensions diverses qu'il déposa avec soin sur la table et se retira.

— Voulez-vous m'aider à ouvrir ces objets? dit le banquier à la jeune femme.

— Si cela peut vous être agréable, je suis à votre disposition, répondit-elle, d'une voix qui tremblait légèrement.

Il prit d'abord un des écrins, en souleva le couvercle, Marguerite ne put retenir un cri d'admiration. Une rivière de diamants se déroulait sur un lit de velours rouge. Puis il y en eut d'autres, des bracelets, des bagues étincelants d'émeraudes et de rubis. Cette fois, elle tremblait, ses dents claquaient comme si elle eut été prise de la fièvre.

— Que c'est beau! murmura-t-elle.

— Choisissez ce qui vous plaira le mieux, lui dit-il.

Mais ses mains tremblaient, son regard ébloui se perdait dans l'étincellement des pierreries.

— Tout à l'heure, une minute...

Elle ne retira pas la main qu'il lui prenait, laissa sur ses joues si fraîches se promener, s'apesantir les lèvres énormes et les boutons d'acné du financier.

Lorsqu'elle rentra au logis conjugal, elle cacha dans un tiroir, collier, bracelet, diadème, bagues, reprit sa toilette de tous les jours et attendit son mari qui arriva vers sept heures. Il était un peu en retard, s'excusa auprès de sa femme et l'embrassa. Elle lui rendit avec usure ses baisers, lui mordant les joues, le griffant et lui disant :

— Je t'aime !

Elle songeait à l'abominable personnage qui tout à l'heure, la serrait dans ses bras.

VII

Duclerc venait de sortir à huit heures et demi, suivant son habitude. Sa femme, qui attendait avec impatience son départ, se précipita vers le meuble où elle avait caché les écrins, les mit sur la table de marbre, alla s'assurer que la porte d'entrée était bien fermée pour éviter une surprise et, tranquille de ce côté, rentra pour contempler à son aise les bijoux qu'elle étala lentement, éprouvant un plaisir inouï à les toucher, les retourner, les changer doucement de place.

Mais comment et quand pourrait-elle s'en parer, les mettre sur sa tête, sur son cou, pour en faire admirer l'éclat fulgurant et quand elle levait le bras, montrer le poignet mollement enserré dans un bracelet et la main ayant à deux doigts des étoiles enchassées d'or. C'était pour elle un problème dont elle

ne trouvait pas la solution, car elle ne songeait pas,
ne voulait pas d'un éclat qui eut abouti à une rupture
avec son mari qu'elle tenait à garder et dont elle était
férocement jalouse.

Elle eut plusieurs rendez-vous avec Morin, et sut
habilement irriter sa passion en se montrant avare
de ses faveurs. Le banquier, d'esprit si reposé, si
calme quand il s'agissait des questions d'argent, perdait la tête en présence de Marguerite qui, d'un
regard, le faisait s'éloigner, baissant la tête, comme
un domestique pris en train de commettre un larcin.

Il lui proposait de quitter son mari, il l'installerait
dans un hôtel où elle aurait des valets nombreux
pour la servir. Elle eut accepté si elle avait été cer-
taine que son Duclerc ne ferait pas d'esclandre ou ne la
quitterait pas. Elle voulait le garder et ce désir était
plus fort que celui de paraître. Pour être plus avec
lui, n'avoir pas de témoins de leurs épanchements,
ils avaient, d'un commun accord, remercié la bonne
indiscrète et gênante, que l'on rencontrait à chaque
instant dans l'appartement, dont on entendait le pas
faire craquer le parquet quand on ne la voyait pas,
qui écoutait aux portes et regardait par le trou des
verrous pour entendre les conversations amoureuses
et les baisers échangés. Elle avait été remplacée par
une femme de ménage qui venait à des heures fixes
dans la journée et le soir rentrait chez elle.

Deux mois se passèrent sans trouver une solution.
Ce fut à ce moment que son mari lui proposa d'aller
habiter la campagne, elle accepta sans joie et nous les

avons vus cherchant une maison dans la vallée de la
Bièvre, trouvant ce qui leur convenait et s'y installant.
Elle songeait toujours à la vie de luxe qu'elle rêvait et
à son mari qu'elle devrait sacrifier, car il ne paraissait
pas disposé à admettre un tiers dans son ménage
autant par honnêteté que par amour pour sa femme.
Lorsque celle-ci tournait la conversation sur les
maris entretenus, Duclerc s'emportait, protestait
contre une pareille abjection; se livrer au mépris
public pour vivre dans l'opulence. Un incident qui
aurait pu être la cause d'une crise conjugale interrompit pour un instant les idées de la jeune femme.

Elle avait complètement oublié ses amours de rencontre à Juvisy, mais ses amants songeaient toujours
à elle, car l'occasion d'être remarqué par une femme
aussi belle que Mlle Marguerite ne se présente pas
deux fois dans la vie d'un cordonnier ou d'un forgeron perdus dans un village, fussent-ils des Adonis,
et ils en causaient entre eux. Ils savaient qu'elle était
mariée, c'était tout, mais où habitait-elle, Paris est
bien grand, mais le hasard fait qu'on peut parfois
s'y rencontrer; la province, c'est bien loin. Le beau-
frère et la sœur de Marguerite avaient également
quitté le pays, on ne pouvait donc avoir, même indi-
rectement, un renseignement qui put mettre sur la
trace de la disparue.

Un jour, le cordonnier — Morand — étant à Paris
pour se distraire, se promenait sur le boulevard
Saint-Martin quand il aperçut une femme qu'il crut

reconnaître, malgré le voile qui lui cachait une partie
du visage. Il la suivit, la regarda et se dit :

— C'est bien elle !.

Et il appela :

— Marguerite !

La jeune femme tressaillit, se retourna et se trouva
face à face avec le disciple de saint Crépin, engoncé
dans des vêtements qui le gênaient et lui donnaient
un air bête. Elle rougit en le reconnaissant, mais il
lui était impossible de l'éviter.

— Que me voulez-vous ? demanda-t-elle.

— Je veux te parler.

— Je n'ai rien à vous dire, laissez-moi.

— Voyons, ne le prends pas de si haut ; quand tu
venais à ma boutique apporter des chaussures et me
donner des rendez-vous, tu étais moins fière.

Elle comprit qu'il fallait céder au goujat pour
s'épargner une humiliation, car déjà des curieux
s'étaient arrêtés, espérant un scandale.

— Marchons, dit-elle, nous causerons plus facilement.

Il devint arrogant :

— Tu t'adoucis, tu as peur, fit-il en riant.

— Peur de quoi ?

— De ce que je pourrais dire, car tu es mariée, on
le sait chez nous, et si ton mari était averti, ce serait
du joli.

— Ou voulez-vous en venir ?

— Que je suis venu à Paris pour m'amuser toute la

journée, puisque je te rencontre, inutile de chercher une autre femme.

— Et si je ne veux pas vous suivre?

— Je t'y obligerai. Ah! où est-il le beau temps ou tu courais après moi.

— Ce temps est passé.

— Il peut revenir, dit-il.

Elle le regarda fixement. Il baissa les yeux, ne pouvant supporter l'éclat de ses prunelles, sa physionomie s'était subitement modifiée. Ce n'était plus là femme étonnée, presque tremblante du début de leur entretien. Elle avait retrouvé son sang-froid et pris une résolution énergique.

— Où voulez-vous me conduire? lui demanda-t-elle d'une voix dure.

Moi, mais cela m'est égal, où tu voudras.

— J'ai une heure à dépenser, dépêchez-vous.

— Il hésitait à répondre.

— Pas de colère, ma petite Marguerite.

— Décidez-vous ou laissez-moi.

— Te laisser! Jamais.

— Eh bien que décidez-vous.

Ils étaient à l'entrée du faubourg Saint-Martin.

— Allons par ici, dit-il.

— Loin?

— A quelques centaines de pas.

— Où me conduisez-vous?

— Dans un hôtel que je connais.

— Où vous menez vos conquêtes?

— Mais oui, il faut bien rire un peu.

Ils s'arrêtèrent en face d'une vieille maison dont le rez-de-chaussée était occupé par un marchand de vin et pénétrèrent dans une allée étroite, humide, sombre, aboutissant à un escalier gluant qui grimpait dans une demi-obscurité. Au premier étage se trouvait le bureau de l'hôtel donnant sur une cour intérieure assez grande et très claire. Une femme d'une cinquantaine année, affalée sur un fauteuil, en face d'une table, travaillait à un vêtement qu'elle remettait en état de servir encore. Elle leva les yeux au bruit que fit, en s'ouvrant, la porte vitrée.

— Avez-vous une chambre, lui demanda Morand.

— Au mois?

— Non, pour une journée seulement.

— Il y en a une au premier, claire, sur la rue.

— Quel prix?

— Deux francs.

— Bien! Conduisez-nous.

La maîtresse de l'hôtel se leva lourdement, prit une clef accrochée à un numéro et s'apprêta à sortir. Marguerite attendait sur le palier, elle avait baissé son voile pour dissimuler, autant que possible, ses traits. Morand quitta le bureau que la grosse femme ferma à clef, elle monta l'escalier suivie de ses clients d'occasion, et les conduisit à une pièce assez grande avec, sur la rue, une grande fenêtre. Pour meubles : un lit caché par des rideaux à fleurs, sales et fanés, une table, une commode dont les tiroirs vides baillaient, une toilette aux vases ébréchés.

— Voulez-vous bien payer? demanda l'hôtesse.

Marguerite prit son porte-monnaie et lui donna une pièce de vingt francs.

— Je vais vous chercher la monnaie, dit-elle.

Elle redescendit les marches, laissant seuls ses clients.

— Tu est riche? demanda Morand.

— J'ai deux louis sur moi.

— Ce n'est pas une fortune.

Quand la femme reparut, elle allongea la monnaie sur le marbre visqueux de la commode et se retira en disant :

— Si vous avez besoin de quelque chose, vous appellerez.

— Faites monter un bain d'ici une demi-heure, lui dit Marguerite, avec du linge.

— Bien madame. Il y a un établissement tout près d'ici.

— Quelle idée de prendre un bain, dit Morand à Mme Duclerc. En voilà une distraction.

— Tu verras, cela t'amusera.

— Ah! tu deviens gentille, tu me tutoies.

Il l'embrassa.

— Si ton mari, que je ne connais pas, nous voyait quels cris.

Une demi-heure plus tard, on entendit de la chambre un bruit de ferraille.

— C'est sans doute la baignoire, dit le cordonnier.

Ils se levèrent. On frappa à la porte, Morand ouvrit; le garçon de bain parut.

— Entrez, vous pouvez entrer, lui dit-il.

Pendant qu'il montait l'eau, Marguerite était restée couchée, attendant. Lorsque tout fut préparé le garçon tendait la main.

— Paye avec la monnaie qui est sur le commode, dit-elle à Morand.

L'employé des bains se retira.

Lorsque la porte fut refermée, la chambre s'emplit d'une buée opaque.

— Quel brouillard, dit-il en riant.

Sa maîtresse descendit du lit, traversa, nue, le nuage de vapeur blanche au milieu duquel elle apparaissait comme un fantôme.

— Que tu es belle, quelle chance de t'avoir rencontrée, s'écria-t-il.

— Peut-être pas tant que tu crois, répliqua-t-elle.

Et doucement, elle se plongea dans la baignoire ou elle demeura quelques minutes. Puis elle se redressa, ruisselante d'eau tiède et prenant les serviettes de toile commune, s'essuya.

— A ton tour, lui dit-elle.

— Quoi, cela te ferait plaisir.

— Allons, dépêche-toi.

Il s'introduisit avec beaucoup de précautions dans la baignoire.

Rapidement, elle s'habilla. Le brouillard s'était dissipé, on voyait mieux dans la chambre toute saturée d'une humidité chaude et écœurante. Morand était étendu dans le récipient de zinc, riant comme un fou en disant :

— Vraiment pour une idée drôle, elle est drôle.

— Tu trouves, fit-elle en s'approchant.

— Oui, excessivement drôle.

Elle se baissa, puis brusquement au lieu de l'embrasser comme il le supposait, elle lui enfonça la tête dans l'eau. Il fut saisi, à demi asphyxié par cette attaque brutale, mais il lui était impossible de se relever. Il put pourtant, par un mouvement brusque, un effort énorme sortir du bain sa figure convulsée. Ses yeux grandis extraordinairement fixaient la jeune femme; sa bouche s'ouvrit laissant échapper des sons rauques qui étaient une prière ou une menace, peut-être une interrogation, mais sans lui laisser le temps de reprendre ses forces, elle repoussa cette face effroyable dans les clapotements de l'eau, le corps immergé s'agita un peu, puis demeura immobile; la mort faisait son œuvre. Le drame avait duré deux minutes à peine.

Marguerite abandonna sa victime et sans trop se presser s'habilla. En rajustant sa toilette elle jetait de temps en temps un regard sur la baignoire et voyait le corps nu étendu, la figure pâle, les yeux ronds, ouverts, et l'eau tranquille maintenant recouvrait cette loque humaine, immobile, un quart d'heure, auparavant pleine de vigueur, de joie exubérante.

Elle regarda si ses doigts n'avaient pas laissé leur empreinte sur quelques parties du cou ou de la figure, mais elle ne vit rien, le saisissement de la victime avait été si brusque que l'effort pour la maintenir sous l'eau s'était réduit à une pression un peu

LA BELLE MARGUERITE

forte amenant, en un instant, l'asphyxie, et c'est à peine
si quelques gouttes perlaient au bas du corsage de la
jeune femme. Tranquille de ce côté, elle se dirigea vers
la porte qu'elle ouvrit et referma sans essayer d'amortir
le bruit de la serrure et des gonds, descendit sans se
presser, et en passant devant le bureau c'est à peine
si la maîtresse de l'hôtel leva la tête. Dès qu'elle fut
dans la rue, elle respira. Les passants affairés encombraient le trottoir, elle se perdit dans cette foule re-
nouvelée sans cesse et se dirigea, légère et souriante,
vers le boulevard qu'elle suivit lentement, descendant
du côté de la Madeleine.

Elle était délivrée de cette brute qui l'aurait pour-
suivie partout pour la joie de l'humilier autant que
pour le plaisir de la posséder. Ces poursuites de tous
les instants eussent abouti à des demandes d'argent
et finalement à un effondrement de sa situation par
un scandale effroyable. Elle ne regrettait pas ce
qu'elle avait fait, la perte de Morand n'avait pas une
grande importance pour les autres, elle en avait pour
elle une sérieuse ; elle n'aurait pas pu vivre, lui
vivant, il était mort par sa faute. S'il l'eut laissée
tranquillement suivre son chemin, ce désagrément
ne lui serait point arrivé ; il avait voulu être son
maître, s'était donné le plaisir de faire d'elle sa chose ;
ce plaisir il venait de le payer de sa vie, ce n'était pas
trop cher.

La conscience calme, elle rentra chez elle, changea
de toilette, après avoir pris un bain parfumé pour se
débarrasser des traces des baisers et des attouche-

ments brutaux de Morand et, plongée dans l'eau tiède, souriait en songeant à l'aventure dont elle venait d'être l'héroïne. Elle fit un tour avant le dîner, rentra vers six heures, une demi-heure plus tard son mari arrivait. Ils dînèrent, allèrent se promener aux Champs-Elysées, stationnèrent longuement dans un concert d'où ils ne sortirent qu'avec les derniers amateurs. Duclerc avait acheté les journaux du soir, sa femme, curieuse de connaître si le corps de sa victime avait été trouvé, regarda les faits divers, ils ne parlaient pas de cette découverte.

Ce fut dans celle de ces feuilles paraissant à une heure assez avancée de la soirée que son mari lut un titre sensationnel : Noyé en prenant un bain, et un court article où la découverte était racontée :

« Deux jeunes gens étaient entrés vers deux heures de l'après-midi dans un hôtel du faubourg Saint-Martin, avaient loué une chambre pour la journée et s'étaient fait monter un bain.

« Lorsque, une heure plus tard, le garçon de bains revint chercher son matériel, il pénétra dans la chambre en compagnie de la propriétaire. Le lit était défait, la baignoire au milieu de la pièce. Quand il s'en approcha, il recula en poussant un cri. Il venait de voir le corps d'un homme enfoncé dans l'eau ; surpris d'abord, il reprit son sang-froid, mit en pleine lumière la tête du noyé, espérant le faire revenir à lui si l'immersion venait seulement d'avoir lieu, puis la patronne de l'hôtel envoya un commissionnaire prévenir la police. Les constatations furent faites,

Les quelques échymoses que le mort avait sur la figure étaient dues aux mouvements qu'il avait faits pour essayer de sortir de l'eau quand, sans doute après s'être assoupi, il avait fait le plongeon fatal. La mort était purement accidentelle, la jeune femme qui avait payé la chambre, était partie laissant la monnaie d'une pièce de vingt francs qu'elle avait changée, sur la commode. Cet argent était sans doute destiné à son ami. »

Duclerc plaisanta sur cette mort arrivée dans une aussi bizarre circonstance. Ce pauvre diable avait bien fini, après quelques heures peut-être de plaisir en compagnie d'une jolie femme, car la maîtresse de la maison meublée et le garçon de bains affirmaient qu'elle était d'une étonnante beauté, il s'avisait de se laver le corps, cette précaution hygiénique devait lui être fatale.

Marguerite eut une nuit tranquille. La mort de Morand était mise sur le compte d'une imprudence, il n'y aurait donc pas d'enquête judiciaire et sa compagne de hasard ne serait pas recherchée.

— Cet imbécile pouvait, par ses importunités, causer un scandale dont j'eusse été la victime, se dit-elle, à présent je suis délivrée de ce cauchemar.

VIII

Morin n'était pas un amant encombrant. Bien qu'il eut pour Mme Duclerc une passion folle, il ne négli-

geait pas ses affaires, la jeune femme lui coûtait beaucoup d'argent et il ne savait rien lui refuser. Connaissant la confiance aveugle de son mari, elle eut l'intention de lui faire voir les fameux bijoux, mais il
fallait trouver une occasion favorable. Ils étaient à la
campagne après dîner, seuls dans la salle à manger.

La soirée était fraîche, bien que la journée eut été
très chaude on n'avait pu manger en plein air. Deux
amis invités ayant manqué, le couple se trouvait
seul. Cette solitude à deux ne leur déplaisait pas,
ils étaient libres, délivrés de toute contrainte, et la
grosse mère Bénard qui, avec son neveu, un paysan
d'une quinzaine d'années formait le personnel domestique du ménage se disait qu'elle aurait moins de
vaisselle à laver. C'était autant de travail évité.

La lampe suspendue au plafond, éclairait la table,
les extrémités de la pièce laissant dans une demi-
obscurité, et par les deux fenêtres ouvrant sur le jardin, on voyait la douce lumière de la lune tombant
en nappes claires sur le sommet des arbres, donnant
un éclat d'argent au feuillage des uns, rendant sombre celui des autres, formant des jeux de lumière à
travers les branches et les découpant sous forme
d'animaux fantastiques dans l'atmosphère limpide et
transparente de la nuit.

Des myriades de mondes évoluaient dans l'immensité, les uns pareils à des flambeaux, les autres semblables à des clous d'or attachés à la voûte d'azur.

A quelques pas, un moulin à cheval sur une dérivation de la Bièvre faisait entendre le roulement sourd des meules broyant le grain, les tic-tac secs de l'avertisseur, le bruit de l'eau mettant en mouvement la roue motrice. Des aboyements de chiens se disputant, ou s'appelant dans la nuit, quelques travailleurs des champs, suivant d'un pas lent, lourd et régulier la chaussée, courbés par la fatigue, causant peu, songeant au repos bien gagné par une journée de travail assidu et au sommeil réparateur qui rendrait des forces nouvelles à leurs membres fatigués.

Duclerc semblait triste, sa femme le regardait avec inquiétude se demandant s'il n'était pas tourmenté de quelques soucis causés par des affaires d'argent.

Depuis une quinzaine de jours il se plaignait un peu de tout le monde, ses amis les plus intimes avaient l'air de s'éloigner de lui, il ne comprenait pas pour quelle cause ils se montraient un peu froids et, ne trouvant rien se disait que sans doute ce qui le frappait dans leur allure n'était dû qu'au hasard et qu'il s'exagérait ou même inventait de toutes pièces une intrigue qui ne reposait sur rien.

Comme il le faisait chaque jour, il avait apporté de Paris plusieurs journaux qu'il lisait après dîner. Dans les échos d'une de ces feuilles ayant la spécialité de donner des nouvelles du monde où l'on s'amuse, il s'arrêta après la lecture d'un de ces articulets :

— Tiens, dit-il, le *Demi-Mondain* annonce qu'une étoile nouvelle vient de paraître brusquement dans la constellation des femmes galantes.

— Ah ! fit Marguerite, en quoi cela peut-il t'intéresser ?

— Cela ne m'intéresse pas, mais c'est tout de même amusant de constater l'importance que prennent deux ou trois douzaines de farceuses dans un certain monde.

— Quel monde ?

— Pas bien important pour le nombre et les qualités de ceux qui en font partie, mais il tient de la place. Ainsi le journal consacre une trentaine de lignes à faire l'éloge de la beauté, de l'éclat de cet astre si récemment découvert : la belle Marguerite d'Hermont. On donne sur sa toilette les détails les plus complets, on la déshabille pour le plus grand plaisir des lecteurs.

— Alors cela te fait plaisir.

— Pas trop, seulement il faut connaître certaines choses pour pouvoir en parler, n'avoir pas l'air de tomber des nues quand on prononce certains noms, peu recommandables au point de vue moral, mais presque célèbres à cause des vices dont ils sont l'expression.

— Puisque ces vices plaisent aux hommes, il est inutile de protester.

— Je ne proteste pas, je laisse aller les choses sans m'indigner. Mme Marguerite d'Hermont plaît, elle a trouvé des imbéciles qui l'ont couverte de bijoux et fait habiller chez les grands couturiers, ils sont enchantés qu'on cite leurs noms d'entreteneurs, il paraît que c'est pour eux une titre de gloire.

— Est-ce qu'on parle de celui qui a lancé cette Marguerite.

— Naturellement, on dit que c'est le banquier Noël Morin, un vieux marcheur, qui l'a découverte.

— Dit-on où, et comment ?

— Cela on le saurait que pour ne pas se mettre mal avec Morin, on ne soufflerait mot. Mais c'est facile à deviner, ce joyau rare a dû être découvert dans un établissement de bouillon quelconque. J'en viens toujours là quand il s'agit d'une étoile nouvelle qui, brusquement, brille dans le bataillon des amours vénales. Du jour au lendemain le millionnaire a transformé la chrysalide qui, sous les vêtements propres d'une petite bonne songeait à celui dont la générosité changerait son enveloppe modeste en une toilette qui ferait d'elle une des reines de la galanterie. Le rêve de la jeune fille s'est réalisé, à la place du bonnet blanc, un chapeau luxueux ; les cheveux ont été livrés à un coiffeur qui a su en faire valoir la beauté ; des diamants et autres pierres précieuses ont remplacé les modestes bijoux faux du cou et des poignets encore rouges peut-être mais qui blanchiront ; les doigts sont ornés de bagues éblouissant de leurs feux le velours des loges ; le salon d'un restaurant, tous les endroits où l'on va pour voir et surtout pour être vu. Quand Morin quittera sa conquête, elle sera lancée et cela ne serait pas surprenant si déjà elle n'avait pas reçu quelque proposition où on lui offrait plus que ne lui a donné le banquier. C'est un marché.

— Ne peut-elle point s'en tenir à Morin ?

— Non. D'abord il est, paraît-il, très capricieux, s'éprend facilement, dépense beaucoup, puis ce beau feu, si feu il y a, s'éteint et ne se rallume qu'à la rencontre d'une merveille nouvelle ; et en admettant qu'il tienne à sa Marguerite, celle-ci doit en être déjà dégoûtée, car cet amant, des pieds à la tête, est un pustuleux qui marche et une femme si blindée qu'elle soit, ne peut sentir sans éprouver des nausées, ce tas de chair en décomposition, toucher sa chair jeune, fraîche et ferme. Alors pour oublier un instant ces intimités horribles, elle prendra des bains parfumés et aura un amant jeune et bien bâti dont elle recherchera les caresses. Seulement cet intrus peut être dangereux.

— On prend des précautions, je suppose.

— Naturellement. L'individu qui accepte ce rôle, accepte également l'argent qui lui est offert pour vivre, se loger et s'entretenir, mais il doit être prudent, savoir disparaître à propos, n'être point jaloux, c'est généralement le cas. D'un autre côté il ne faut pas que celle qui l'entretient l'aime et lui fasse des scènes, la caisse se fermerait promptement, car les journaux qui ne laissent rien passer, raconteraient ces potins d'alcôve et alors ce serait la misère noire après l'opulence insolente.

— Tu parles de tout cela en connaisseur, dit la jeune femme.

— Je n'ai jamais été assez riche pour faire des folies de ce genre, mais enfin je n'ai pas passé ma jeunesse dans un couvent.

— Pourtant si la femme ne prenait point de suppléant jeune, elle ne courrait aucun risque.

— Impossible, fut-elle de glace elle tromperait son vieux. C'est une question de dignité. Il en est qui sont mariées, le mari connaît la situation, en vit largement et l'exploite habilement. Le ménage fait même des économies.

— Quand le mari a su se faire une raison, sa situation n'est point à dédaigner. Il a la femme, si elle est jolie, quand cela lui plaît, sauf de rares exceptions où l'amant la désire en même temps, mais il n'a pas les soucis du ménage, soucis d'argent, surtout si sa moitié est coquette et dépensière.

— On m'en a fait voir de ces types qui ont perdu tout respect d'eux-mêmes et des autres. On leur rend vraiment l'existence dure. Il faut être cuirassé contre toutes les injures plus ou moins déguisées qui leur arrivent en plein visage.

— Affaire d'entraînement.

— Tu me parais avoir une philosophie spéciale pour la tribu des maris trompés et entretenus. Heureusement que tu plaisantes.

— Et toi, si tu avais eu la malechance d'épouser une femme qui se fut mal conduite; qu'aurais-tu fait?

— Est-ce qu'on sait jamais ce qu'on ferait en pareille circonstance. Tout dépend du premier mouvement. Et puis l'impression ne serait pas la même, si le mariage avait uni une femme dépravée à un homme qui l'adore, ou simplement deux êtres dont

l'union n'a été qu'une affaire d'intérêt. Dans ce dernier cas, si l'humiliation est la même, la douleur
réelle n'existe pas ou peu. Ces intérêts associés se
séparent, divorcent et tout se termine sans trop d'esclandre. Mais si le mari aime, ce n'est plus un froissement d'amour propre, mais un effondrement complet
d'illusions, alors c'est la rage, le désespoir, un désir
terrible de vengeance. L'homme n'est plus le maître
de sa volonté qu'a remplacé la passion aveugle. Tu
comprends qu'il est impossible dans ce cas, de dire ce
que l'individu outragé, bafoué dans son affection la
plus vive par celle qu'il avait élevée sur un piédestal,
au-dessus de toutes les femmes, qu'il adorait à l'égal
d'une divinité, fera lorsque ce chef-d'œuvre de perfection physique et morale, ne sera plus qu'une loque
immonde que se disputeront à coups de billets de
banque quelques jeunes désœuvrés qui se ruinent à
entretenir une fille dont on cite le nom dans les journaux, ou des vieux qui surenchérissent pour se faire
accepter.

— C'est drôle, tout de même, cette existence.

— Quand elle ne fait point de victimes, en effet.
Mais assez causé sur ce sujet, passons à un autre qui
nous touche plus.

— Tu crois? dit-elle.

Ces deux mots sortirent de ses lèvres comme un
sifflement, il ne les entendit pas et revenant sur ce
qui le préoccupait :

— As-tu remarqué que depuis quelques semaines,
plusieurs de nos amis ont décliné des invitations à

venir ici passer une partie de la journée, ils ont l'air de s'être donné le mot.

— Vraiment tu attaches trop d'importance à ces petites choses pourtant bien naturelles. On a toujours le temps d'aller dîner à une demi-heure de Paris, mais dans la belle saison, on veut profiter des beaux jours, du bon soleil et on va passer ses vacances plus loin que la banlieue. L'hiver, ou même avant deux mois, lorsque tomberont les feuilles, tu verras tes amis venir te demander à dîner.

— C'est vrai j'ai tort de me torturer l'esprit pour des riens. Mon patron, monsieur Moore est parti pour Trouville il y a quinze jours sans me serrer la main, ce qui ne lui était jamais arrivé.

— Un instant d'oubli. Peut-être craignait-il de manquer le train ou songeait-il à quelque objet qu'il aurait pu oublier de mettre dans une valise. Tu vois tout en noir, aujourd'hui. Je veux te distraire, te faire une confidence.

— J'écoute ta confession.

— Il y a un peu plus d'une année que nous sommes mariés..... La figure de Duclerc s'illumina, il interrompit :

— Alors tu m'annonces l'arrivée d'un bébé pour une époque...

Elle l'interrompit à son tour :

— Non hélas !

— Tant pis. Enfin continue.

— Sur l'argent que tu me donnes chaque mois pour l'entretien de la maison, tu m'as autorisée à garder pour mon plaisir ce que je ne dépenserais point.

— Oui, où veux-tu en venir ? Aurais-tu fait de mauvaises spéculations en plaçant tes économies dans des entreprises promettant d'énormes bénéfices ?

— Non ; voici. J'ai thésaurisé et avec ce trésor j'ai acheté... Tu vas crier.

— Va donc, grande folle, lui dit-il en riant, viens t'asseoir sur mes genoux et tu me diras tout bas ta faute.

Câline, elle s'approcha, s'assit et se serra contre lui. Il entoura de son bras sa taille souple :

— Tu sais bien que je t'aime dit-il et qu'en échange de tes caresses qui m'affolent, de tes baisers qui me brûlent tu peux tout me demander, tout faire sans mon autorisation et sans craindre ma mauvaise humeur.

— Tout faire, songea-t-elle, le pauvre, s'il savait; — et tout haut : j'ai acheté une parure qui me va à ravir, mais elle est pour moi trop belle.

— Qu'est-ce donc de si beau ?

— Un collier de diamants, un bracelet, des bagues et quelques autres objets.

— Tu as économisé assez pour faire ces folies ?

— Je n'ai même pas tout dépensé. C'est du faux, monté sur or mais produisant l'illusion du vrai. Veux-tu voir ?

— Oui. Cependant je crois que tu as eu tort d'acheter de l'imitation ; on s'en apercevra.

— Impossible tu sais à quel degré de perfection
on est arrivé dans la fabrication des pierres précieuses imitées. Les plus habiles s'y trompent. Attends
je vais te chercher mon trésor. Elle se leva, l'embrassa sur les deux joues et courut à sa chambre d'où
elle revînt trois minutes après, portant un carton
qu'elle posa sur la table, l'ouvrit et en sortit les écrins.
Duclerc fut ébloui quand elle eut pris dans ses mains
délicates les bijoux qu'elle faisait tournoyer lentement

— Et tu as payé cela ? demanda-t-il.

— Trois mille francs.

— Si c'était du vrai ça en vaudrait trente ou qua-
rante mille, peut-être plus. Ces deux perles des pendants d'oreilles sont superbes. C'est égal, c'est trop
beau. Je ne te reproche pas d'avoir dépensé l'argent
qui t'appartenait, mais je crains que tu en aies fait
un mauvais placement.

— Tu gagnes assez pour que l'on puisse croire que
ta femme peut avoir une parure riche.

— Elle est trop éclatante.

— Et puis on sait que nous vivons très modeste-
ment. Un loyer de mille francs à Paris, cette maison
de campagne qui est payée, pas d'enfants, pas de
charges de famille. On dira que j'aime trop la
parure, que tu es trop faible ; qu'est-ce que tout
cela peut bien nous faire. Pour contenter certains
grincheux il faudrait nous quereller...

— Oh, non, par exemple, s'écria-t-il en riant.

— Tu devrais à coups de poing me briser ceci...
elle montrait ses dents, me faire des bleus autour de

mes yeux que tu trouves beaux, et des noirs la dessus, elle découvrit ses épaules et sa poitrine.

— Tais-toi, tu me rends fou, s'écria-t-il en la couvrant de baisers. Je t'aime quoique l'on dise ou que l'on fasse, on n'arrivera pas à tuer ma passion.

Elle mit elle-même les bijoux à ses oreilles, à son cou, à ses doigts et sur sa chair merveilleuse, ils étincelèrent comme autant de soleils emplissant la chambre d'éclairs brillants et la lampe ne parut plus que comme un point rougeâtre et fumeux dans ces fusées éclatantes et mobiles.

Il oublia tout. Ses inquiétudes disparurent.

— Tu as fait de ton argent l'usage qui t'a plu, on jasera, et après ? Les journaux ne s'occuperont pas de toi et garderont leur admiration et leurs éloges pour les recrues brillantes du groupe des horizontales, comme ils disent.

La face apoplectique, les yeux brillants de luxure, les lèvres humides, Duclerc se leva, saisit sa femme à demi-nue dans ses bras, la souleva de terre et l'emporta, laissant sur son passage une traînée de lumière et la vaste pièce se trouva brusquement remplie d'une ombre épaisse où l'on voyait la lampe falôte éclairant la table couverte encore de vaisselle.

IX

Mme Duclerc s'était affichée deux fois à l'Opéra, où ses diamants avaient produit un effet que quelques feuilles spéciales s'étaient fait un devoir de raconter à leurs lecteurs en exagérant encore, pour irriter la curiosité. On se demandait où Morin avait rencontré cette merveille qui avait révolutionné les esprits du monde où l'on prétend s'amuser, et chaque jour, c'était un renseignement nouveau aussi faux que ceux qui l'avaient précédé.

Marguerite d'Hermont avait un appartement magnifique avenue Hoché, on savait qu'il était luxueusement meublé, mais par des indiscrétions de tapissier seulement, car aucun reporter n'y avait pénétré et les détails que l'on donnait étaient de pure fantaisie, il fallait quand même avoir l'air bien renseigné, on n'avait pas de démentis à redouter.

Mais ce qui irritait davantage la curiosité c'est que la jeune femme ne paraissait que rarement et pour quelques heures seulement, avenue Hoche où il n'y avait pas un seul domestique. Après s'être montrée en compagnie de Morin en équipage sombre, au Bois où au théâtre elle disparaissait brusquement et les plus habiles n'avaient jamais pu suivre sa trace. Elle rentrait avec son amant, la voiture attendait dans la cour, se dirigeait vers l'avenue du Bois de Boulogne emportant le couple et se confondait bientôt avec les autres équipages qui encombraient la chaussée.

La livrée était très simple, impossible de reconnaître le cocher où le valet de pied dans ces milliers de domestiques à la figure rasée qui pullulent dans le quartier de l'Etoile. Peu à peu la curiosité finit par s'émousser, d'autres étoiles demi-mondaines furent

découvertes et lancées, celle que l'on connaissait sous
le nom de Marguerite d'Hermont passa au second
plan et put vivre à son gré sans craindre les indiscrétions de journalistes trop curieux. C'était la jeune
femme qui avait imposé à son amant ce genre d'existence. Elle ne voulait pas faire un éclat qui eut
amené une séparation violente avec son mari dont
elle était horriblement jalouse. Elle aimait cet homme
rude et brutal dans ses caresses; parmi ceux qu'elle
avait connus intimement pendant son existence de
jeune fille, un seul lui avait plu, c'était Duclerc. Elle
s'était dit qu'elle prendrait un amant, peut être deux,
elle les tromperait avec son mari qui serait son amant
de cœur. Morin qui craignait surtout qu'elle prit un
amant plus jeune et plus séduisant que lui, s'accom-
modait fort bien du mari qui, s'il ignorait la situation
avait pour lui tout le ridicule, s'il la connaissait et
affectait l'ignorance au ridicule il ajoutait l'odieux,
c'était son affaire, celui qui payait n'était pas atteint
dans son amour propre.

Duclerc ne se doutait de rien, bien que son patron
eut été mis au courant par des propos qui dès le début, étaient de simples suppositions, comme il se
méfiait, il ne lui fut pas difficile de s'assurer que
Mme d'Hermont et la femme de son principal employé ne formaient qu'une seule personne ayant deux
noms et deux existences.

Il voulut compléter ses renseignements, connaître
la vie de jeune fille de Marguerite, les gens du village
où elle avait habité chez son beau-frère racontèrent

LE COLLIER DE DIAMANTS

ses frasques et même trouvèrent le moyen de les agrémenter par des inventions de leur cru.

Il vit le beau-frère et la sœur qui s'étaient retirés dans une localité voisine. S'il poussait aussi loin ses recherches sur la vie privée d'une femme qui eut dû lui être indifférente, c'était à cause de Duclerc, qu'il estimait et à qui il tenait beaucoup. Il exposa à M. et Mme Dupont le motif de sa visite et leur dit ce qu'il connaissait déjà.

— Elle en a fait encore plus qu'on vous a raconté, répondit l'ingénieur, un espèce de finassier se prétendant très malin, surtout d'une loyauté parfaite.

Alors il énuméra les expulsions successives des différents pensionnats, laïques et religieux et les motifs qui les avaient amenées et termina par l'étonnante aventure de la maison du faubourg Saint-Jacques que Marguerite leur avait narrée avec complaisance, comme un exploit digne du prix Montyon.

— Elle était à la veille d'épouser un ami de mon mari, dit Mme Dupont, au moment où elle s'est fait enlever par Duclerc.

— Et vous favorisiez ce mariage ? demanda M. Moore.

— Naturellement, il était indispensable pour notre tranquillité de nous débarrasser de cette débauchée.

— C'est à un ami que vous alliez la donner, sans le prévenir.

— Il pouvait prendre des informations.

— Mais il avait confiance en vous.

— Alors nous aurions dû garder Marguerite, ce que nous ne pouvions ni ne voulions faire. Elle était belle, possédait une dot assez ronde et mon ami n'avait pas un sou, dit Dupont, en prenant ma belle-sœur il pouvait s'établir médecin et attendre la clientèle ; c'était du jour au lendemain, presque la fortune. Il n'était pas si à plaindre.

— Heureusement pour lui que Duclerc s'est trouvé là juste à point pour le sauver.

— Il l'a échappé belle le pauvre garçon, il aurait dû envoyer sa carte avec ses remerclements à son heureux rival. Et Dupont ricanait bêtement à ce trait de son esprit. M. Moore haussa les épaules :

— Savez-vous comment elle s'est fait enlever ?

— Nous n'avons aucun détail sur l'enlèvement qui n'a pas dû être bien difficile.

Il raconta comment ils avaient trouvé, à leur porte, leur enfant abandonné.

— Croyez-vous, dit-il en terminant, qu'on n'a pas hâte de se délivrer d'une pareille engeance qui pouvait, par ses amants de rencontre, nous faire dévaliser et tuer peut-être.

L'industriel adoucit son opinion sur le couple, comprenant combien une jeune fille comme Marguerite était encombrante et dangereuse, mais il avait toujours sur le cœur la désinvolture avec laquelle ils la donnaient à un ami de collège de Dupont, un compatriote.

— Voilà un couple avec qui il serait dangereux de traiter des questions d'intérêt sans prendre des précautions, se dit-il.

— Est-ce que le ménage irait mal? demanda Mme Dupont.

— Je ne crois pas, mais il m'est parvenu certaines histoires sur madame votre sœur, je tenais à m'assurer si elles étaient vraies.

— Ils sont heureux?

— Du moins ils le paraissent.

— Peut-être était-ce un mari qu'il lui fallait. Avec son tempérament, elle avait des instants de folie.

M. Moore se retira. Il était édifié. Mais comment Duclerc avait-il connu cette fille? Comment s'était-il décidé à l'enlever et à l'épouser? Question qu'il se posait sans la pouvoir résoudre raisonnablement. De retour à Paris, il raconta à sa femme sa visite aux Dupont.

Mme Duclerc ne se doutait pas de l'enquête faite sur elle par le patron de son mari. Elle vivait tranquille, sans crainte, se croyant à l'abri des soupçons et lorsqu'elle avait été passer une partie de journée avec Morin, elle revenait se plonger dans sa solitude, se promenait dans le jardin fantastique dessiné par le peintre Héglon, et Duclerc était heureux de vivre dans ce coin presque perdu où n'arrivaient point les grondements lointains de Paris.

Elle avait habitué son mari à une existence presque bestiale et le tenait de plus en plus sous sa domination par son habileté à lui faire parcourir toute la gamme des plaisirs; du désir à la possession et de son côté elle était prise dans les mêmes filets et ne pouvait se priver de cet homme qu'elle trompait.

Les soirs de l'été, lorsqu'il devait arriver, elle s'éta-
lait demi-nue sur un hamac attaché à des platanes,
dans une ombre discrète et quand il la cherchait,
l'appelait, elle ne répondait pas, attendant que sous
le feuillage épais, derrière les buissons, il l'aperçut
blanche et rieuse, étendue voluptueusement sur le
large morceau d'étoffe noire où elle se balançait. Ou
bien déguisée en dryade, elle se détachait d'un
arbre quand elle l'entendait approcher et, légère se
sauvait dans les allées sinueuses égrènant sous les
futaies des éclats de rire perlé.

C'était pour eux le bonheur complet, elle ne songeait plus au danger de sa situation, quand un soir,
Duclerc en rentrant, ne la chercha pas dans les
massifs ombreux où elle l'attendait, en dryade. Elle
était au pied d'un peuplier, sa taille cambrée formant
comme un long croissant de blanche lumière sur le
tronc brun de l'arbre. Sa gorge merveilleuse se dres-
sait fièrement et sur les épaules de marbre se dérou-
laient ses splendides cheveux bruns savamment
arrangés. Quand elle l'aperçut au tournant d'une
allée, elle rit tout bas pour l'appeler.

Il leva la tête, approcha lentement. Subitement
elle se tut en voyant sa figure décomposée. Elle
courut au-devant de lui, se jeta à son cou, l'embrassa.
Sous cette chaude étreinte, il s'anima un peu, ses traits
se détendirent, ils n'opposa plus qu'une molle résis-
tance aux caresses et quand elle lui dit : — Porte-
moi, il la souleva de terre doucement, la pressa sur
sa poitrine et elle, la tête penchée sur la large épaule

de sa victime, les lèvres sur ses lèvres, le regardait.

Il ne put résister à ces grands yeux pleins de promesses, à ce parfum léger qui s'échappait de ce corps qu'il tenait embrassé et murmura en la pressant à la faire crier :

— Que tu es belle, je t'aime ! Mais je te fais mal, dit-il, en desserrant les bras.

— Non, non, serre plus fort encore, brise moi sur ta poitrine, je suis à toi, bien à toi.

— A moi seul, tu le jures ?

— Pourquoi demander ce serment ?

Il se dirigea vers un banc, s'assit, la mit à côté de lui.

— Non, sur tes genoux, je veux te sentir tout près. Comme cela. A présent parle. Qu'y a-t-il, demanda-t-elle quand elle se fut bien pelotonnée.

— Voici. Il y a quelques jours tu m'as montré ton collier de diamants, brisé.

— Mais quel rapport cette brisure peut-elle avoir avec l'air de mauvaise humeur que tu avais en arrivant.

— J'ai voulu te faire plaisir et, sans te prévenir, j'ai emporté ce matin, ce bijou...

Elle eut un léger frisson.

— Mais pourquoi l'as-tu pris ? interrogea-t-elle.

— Dans l'intention de le faire réparer et de l'apporter.

— Eh bien, l'aurais-tu perdu ?

— Je préférerais cela.

— Pourquoi?

— Parce que le joaillier, à qui je l'ai remis pour le réparer, m'a dit, lorsque je lui ai eu expliqué pour m'excuser que les pierres étaient fausses... il s'arrêta.

Quoi donc, qu'elles sont vraies? fit-elle palpitante.

— Il m'a regardé, a souri et au moment de me donner quelques explications, a serré les lèvres et m'a dit assez sèchement qu'il ferait la réparation nécessaire. J'ai voulu le faire parler, il a fait l'éloge du collier, du bon goût de celui ou de celle qui l'avait acheté, ça été tout.

— Ce n'est pas grave. Un bijoutier qui te regarde, sourit quand tu lui confies des bijoux, quelle importance cela peut-il avoir?

— Dans son regard j'ai deviné qu'il me prenait pour un naïf qui s'est laissé tromper par sa femme ou sa maîtresse.

— Et alors, qu'as-tu fait après cette belle découverte?

— J'ai laissé le collier et cette après-midi quand il me l'a rendu réparé, je lui en ai demandé la valeur, il n'a pas répondu à ma question. Je suis allé chez un autre qui, après un examen minutieux des pierres, les a estimées cinquante mille francs, m'assurant que c'était de vrais diamants, qu'il m'en offrait ce prix et ferait une affaire excellente, si j'acceptais. J'ai refusé, naturellement, les bijoux n'étant pas à moi, je les ai apportés pour te les remettre et avoir une explication.

Marguerite qui, dès le début de la conversation,

s'était doutée qu'une crise se préparait, l'avait fait durer, et doucement, ses bras nus entourant le cou de son mari, sa poitrine appuyée sur la sienne, elle l'écoutait, le regardait, et il sentait sa colère disparaître, sa voix s'adoucissait, il était pris, ensorcelé, tout danger avait disparu.

— Et c'est pour ces potins que tu es froid avec moi, que tu as tout l'air de vouloir me battre? Je ne te quitte pas, il m'est impossible de marcher, emporte-moi, enlève-moi!

Il la souleva, évitant de la serrer trop fort, et s'enfuit dans les allées sombres où pénétraient, à travers la voûte de feuillage, de minces rayons de lumière détachés des étoiles. C'était un faune enlevant une nymphe, s'enfuyant dans la crainte d'être poursuivi.

Duclerc arriva à la maison, y entra par la porte du jardin et déposa son précieux fardeau sur le lit, dans leur chambre à coucher. Elle riait aux éclats et sa voix emplissait la pièce sombre de notes joyeuses.

— C'est bien, mon ami, mon maître, lui dit-elle; être emportée ainsi, cela donne le vertige et fait aimer l'homme qui pouvait, d'un serrement un peu fort des bras, vous briser et à peine vous effleure, comme si on était touché par l'aile d'un oiseau.

Le lendemain, en arrivant chez M. Moore, un garçon de bureau le prévint que le patron désirait lui parler. Il se rendit aussitôt au cabinet de son chef, qui l'attendait, debout et ne fit pas le geste de lui tendre la main. Il avait sa figure sérieuse des grands jours, comme disaient ses employés lorsqu'ils le voyaient maussade.

— Vous m'avez fait appeler, monsieur, lui demanda Duclerc.

— Oui, j'ai à vous dire quelques mots.

— Je vous écoute.

— Depuis longtemps, je voulais vous entretenir de choses assez scabreuses où vous vous trouvez mêlé.

— Moi ! je ne comprends pas.

— Tant pis. Je vous préviens que nous nous séparons.

— Vous me congédiez ! Mais pour quel motif ?

— Une raison très grave et que je n'ai pas à vous donner, puisque vous la connaissez. Passez à la caisse, on vous comptera deux mois d'appointements en plus du mois courant et bon voyage, soyez heureux puisque vos moyens vous permettent le repos et la tranquillité d'esprit.

Duclerc voulut répliquer, d'un geste brusque, M. Moore lui montra la porte, il sortit furieux pour se rendre à la caisse. Les employés qu'il rencontra le regardaient en riant tout bas et se causaient à l'oreille comme s'ils se racontaient un secret. Le caissier était prévenu, tenait la somme toute prête et le reçu que le dessinateur signa, sans avoir vérifié, comme lui avait demandé l'employé, si rien ne manquait.

Il se hâta de quitter cette maison où depuis tant d'années il vivait heureux et estimé de tous. Il baissait la tête, courbait l'échine sous la réprobation dont il se sentait comme enveloppé. Quand il fut dans la rue, il respira, se sentit plus libre,

— Dès que je me suis aperçu que chacun affectait de me tourner le dos, j'aurais dû partir et ne point attendre qu'on me mit à la porte comme un incapable ou un voleur, se dit-il.

Après s'être un instant consulté sur ce qu'il avait à faire, il se décida à retourner à la campagne pour avoir une explication définitive avec sa femme au sujet des diamants et se dirigea vers la gare du Luxembourg. Le trajet lui parut long de Paris à Massy et quand il arriva à cette localité il sauta vivement sur le quai, traversa la voie devant la locomotive et rapidement descendit le sentier qui conduisait à sa maison dont il apercevait le faîte aigu du toit d'ardoises émerger du milieu de la verdure. Il rencontra sa Marguerite auprès du perron, soignant des fleurs. Elle s'était retournée au bruit de la grille qui s'ouvrait.

— Tiens déjà, s'écria-t-elle, serais-tu malade?

— Non, pire!

Confie-moi tes ennuis.

Elle prit son bras. Cet attouchement fit disparaître toutes ses résolutions, levant sa figure vers la sienne elle lui présenta ses lèvres. Il eut une seconde d'hésitation, puis prenant à deux mains cette tête si belle, il baisa les cheveux, les yeux, les lèvres :

— Vilain méchant, dit-elle.

Il lui raconta ce qui venait de lui arriver.

— Eh bien laisse-les à leurs histoires, et vivons ici, dans notre retraite fleurie.

— Il faut chercher un autre emploi.

— Repose-toi quelque temps, après, tu verras.

Et enveloppante elle le regardait :

— Oui, tu as raison, nous allons rester éloigné du monde durant des semaines.

— Veux-tu, c'est une proposition que je te fais, me conduire ce soir au Français ? Je me ferai belle, je mettrai mes diamants.

Il hésita puis finit par accepter. Elle prépara sa toilette seule, ils dînèrent rapidement et la grosse Mme Bénard l'aida à changer de vêtement. Lorsqu'elle fut habillée, son mari qui avait assisté à la transfiguration était hypnotisé et la regardait avec des yeux ronds, grandis encore par la surprise et l'admiration.

— Que vous êtes belle, madame, murmura la femme de chambre improvisée.

— Vous pensez qu'un homme est heureux de m'avoir pour compagne, mère Bénard ?

— Je vous crois, ce qu'il doit faire d'envieux.

— Vous ne nous attendrez pas ce soir, nous passerons la nuit à Paris, nous viendrons demain dans la journée.

— Bien madame.

Ils partirent. Le soleil éclairait les sommets des collines de ses derniers rayons, l'air était chaud, les cigales et les grillons chantaient dans les près et dans les luzernes, les arbres immobiles, comme écrasés par la chaleur, semblaient endormis, leurs feuilles sans vigueur pendaient languissamment. Mais les deux amants ne songeaient qu'à leur plaisir et se regardaient amoureusement.

Après un quart d'heure de promenade ils arrivèrent à la gare, Duclerc prit un billet pour sa femme, lui, ayant un abonnement. Le train arriva qui les emporta. Ils étaient seuls dans leur compartiment.

Elle se serra contre son mari et pendant le trajet, ne cessa de le regarder, de le taquiner, de rire des petites méchancetés dont elle le rendait victime. Il souriait.

Au théâtre ils prirent une baignoire et lorsque parut comme sortant de l'ombre, Marguerite qui s'appuyait sur le rebord de la loge et regardait la salle, toutes les lorgnettes se tournèrent de son côté. Si sa beauté imposait l'admiration, la situation de celui qui l'accompagnait excita la curiosité. Était-ce un mari complaisant ou un amant millionnaire ? On ne tarda pas à être fixé, car beaucoup savaient que Marguerite d'Hermont était mariée et que l'amant en titre était le banquier Morin, ce ne pouvait donc être que le mari à moins qu'elle n'eut donné un successeur ou un collègue à Morin, partage que celui-ci n'eut point admis. Capricieux dans ses amours, le temps que durait sa passion il voulait être seul.

A la sortie du théâtre quand on les vit monter dans une modeste voiture de place on fut fixé : ce n'était pas le remplaçant du banquier mais bien le mari.

Le lendemain, les journaux racontèrent cet incident de la soirée aux Français avec des commentaires plus ou moins désobligeants, Duclerc et sa femme retournèrent à leur nid, emportant les feuilles du matin. Marguerite qui ne voulait pas que son mari les lût trouva facilement le moyen, par son babil et ses caresses, de le distraire :

— Tu as le temps de lire tous ces papiers, lui disait-elle, je ne veux pas que des journaux t'attirent quand je suis à ton côté.

Lorsqu'ils arrivèrent à Verrières, ils ne furent pas peu surpris de rencontrer à leur porte, le père Duclerc, qui les attendait en faisant les cent pas sur le chemin. Sans vouloir écouter les bonjours, les étonnements sur sa présence, il leur dit :

— Assez de compliments, j'ai à vous parler, entrons.

Il avait sous le bras quelques journaux dépliés. On le conduisit dans une pièce du rez-de-chaussée, donnant sur le jardin par une porte vitrée :

— Assieds-toi, lui dit son fils en lui avançant un fauteuil.

— Nous pouvons causer debout, répondit-il. Voici. Lorsque tu t'es marié il y a deux ans, tu as épousé une fille que tu avais enlevée. Cette fille était déjà une drôlesse, une coureuse qui s'était donnée, offerte à ceux que séduisaient ses charmes.

— Vous m'insultez, monsieur, s'écria Marguerite.

— Tais-toi papa, dit Duclerc.

— Je parlerai malgré vous. Ta future femme était déjà une corrompue lorsque tu fis sa conquête. Depuis votre mariage elle a eu pour amant le banquier de ton patron, Morin, qui l'affiche dans tous les lieux de plaisir, couverte de diamants. Comme tu ne dois

pas ignorer ce que chacun connaît, ce que racontent
les journaux, tu es le complice de ta femme ou plutôt
son associé. Tes amis, tes connaissances se moquent
de toi et ne veulent plus te fréquenter, ton patron t'a
mis honteusement à la porte de sa maison et triom-
phalement, comme pour narguer tout le monde, tu
conduis madame au théâtre, couverte des vêtements
et des bijoux fournis par Morin.

— Ce sont des calomnies.

— Non, mon garçon; malheureusement ce sont des
vérités. C'est le beau-frère et la sœur de ta femme
qui m'ont raconté ces détails; même l'aventure de la
pension de la rue du faubourg Saint-Jacques, d'où la
jeune pensionnaire se sauva et alla passer la nuit en
compagnie d'un gardien de la paix. Ta femme ne t'a
point confié ce chapitre de son existence de jeune
fille. A présent que tu ne peux plus te retrancher derrière ton ignorance, que comptes-tu faire?

Duclerc était tombé, anéanti sur un canapé, la tête
dans ses mains, il sanglotait :

— Il ne s'agit pas de pleurer, mais de te conduire
en homme d'honneur, dit son père. Réponds!

Il fit un effort pour se mettre debout :

— Eh bien? fit le père en lui tendant la main.

Marguerite s'élança sur son mari, l'enlaça de ses
bras et l'embrassa fiévreusement :

— Viens, laissons-le, et continuons de nous aimer,
lui dit-elle en l'entraînant doucement vers une
porte.

Il céda sans même tenter de résister à ces caresses,

la porte ouverte par la jeune femme se referma sur eux. Le père, les suivit.

— Tu ne veux pas te séparer de cette drôlesse, hurla-t-il.

Clément Duclerc paraissait hésitant, détournait la tête pour éviter le regard de sa femme. Suivant son habitude lorsqu'il rentrait chez lui et n'attendait aucune visite, il avait enlevé son veston pour se mettre en bras de chemise. Il avait la liberté de ses mouvements et se trouvait tout à fait à son aise pour gesticuler. Le col de sa chemise déboutonnée laissait voir son cou gonflé et les battements tumultueux de son cœur soulevent sa large et puissante poitrine. En une seconde, Marguerite se trouva deshabillée, et superbe, avec la fierté insolente qui se connaît et ne doute pas du charme puissant qu'elle exerce sur certaines natures d'hommes, elle s'approcha de son mari :

— Regarde, lui dit-elle, auras-tu le courage de m'abandonner.

Et il sentait sur lui ce corps souple, admirable dans sa provocatrice indécence, il vit ce regard pur comme celui de Diane chasseresse, dissimulant les passions d'une bacchante. Il l'avait vue souvent, les soirs d'été, nue comme la chaste déesse, s'appuyant sur un arc qu'il lui avait offert, un croissant sur les cheveux, se dissimulant derrière un arbre ou un buisson, apparaître subitement dans un cercle de clarté lunaire, se sauver en le voyant, il courait après elle, l'enlevait, l'emportait dans ses bras, elle ne se fâchait point comme la déesse vierge et les allées sombres, les clairières étroites retentissaient de ses rires perlés mêlés aux baisers bruyants de son ravisseur.

— Eh bien, misérable que décides-tu, dit le père.

Duclerc prit sa femme et la porta sur un lit très bas. Elle riait croyant l'avoir repris une fois encore et se laissa étendre sur la couche. Tout à coup elle jeta un cri effroyable, les doigts puissants de son mari avaient entouré et serré son cou délicat, il l'étranglait.

Lorsque fut accompli l'œuvre de mort, le bourreau se redressa et se tournant vers son père :

— Es-tu content, lui dit-il.

— C'est bien mon garçon, à présent, du courage.

Le corps de la victime était étendu sur le lit replié sur lui-même, les bras allongés comme pour se défendre. Les yeux grands ouverts exprimaient la terreur et semblaient demander à l'assassin pourquoi il était devenu criminel. Le malheureux tomba à genoux, baisa une des mains encore tiède et sous un effort le bras s'allongea comme pour une caresse.

— Pardon, murmura Duclerc, pardonne-moi ! Je vais te rejoindre. Il se releva et avant que le père se doutât de ce qu'il allait faire, prit à une panoplie un long poignard italien, se le plongea dans la poitrine et tomba comme foudroyé sur le tapis.

Les journaux du soir et ceux du lendemain matin envoyèrent leurs reporters, ce fut jusqu'à minuit des allées et des venues continuelles de rédacteurs puis tout ce bruit cessa, oublié pour un autre évènement

non moins passionnant. Les époux Dupont réclamè-
rent leur part d'héritage et eurent les diamants, la
garde-robe de Marguerite, la dot qu'elle avait ap-
portée et d'autre argent qui fut trouvé. Ils se trouvèrent ainsi possesseurs de quelques centaines de mille
francs et quand fut terminée la liquidation l'ingénieur civil dit à sa femme :

— C'est heureux pour cette pauvre Marguerite
qu'elle soit morte, si elle eut vécu elle nous aurait
deshonorés.

— Elle est, en effet, bien heureuse dit Mme Dupont,
Dieu lui a fait une belle grâce.

Courbevoie. — Imprimerie E. BERNARD et Cⁱᵉ,
14, Rue de la Station, 14.

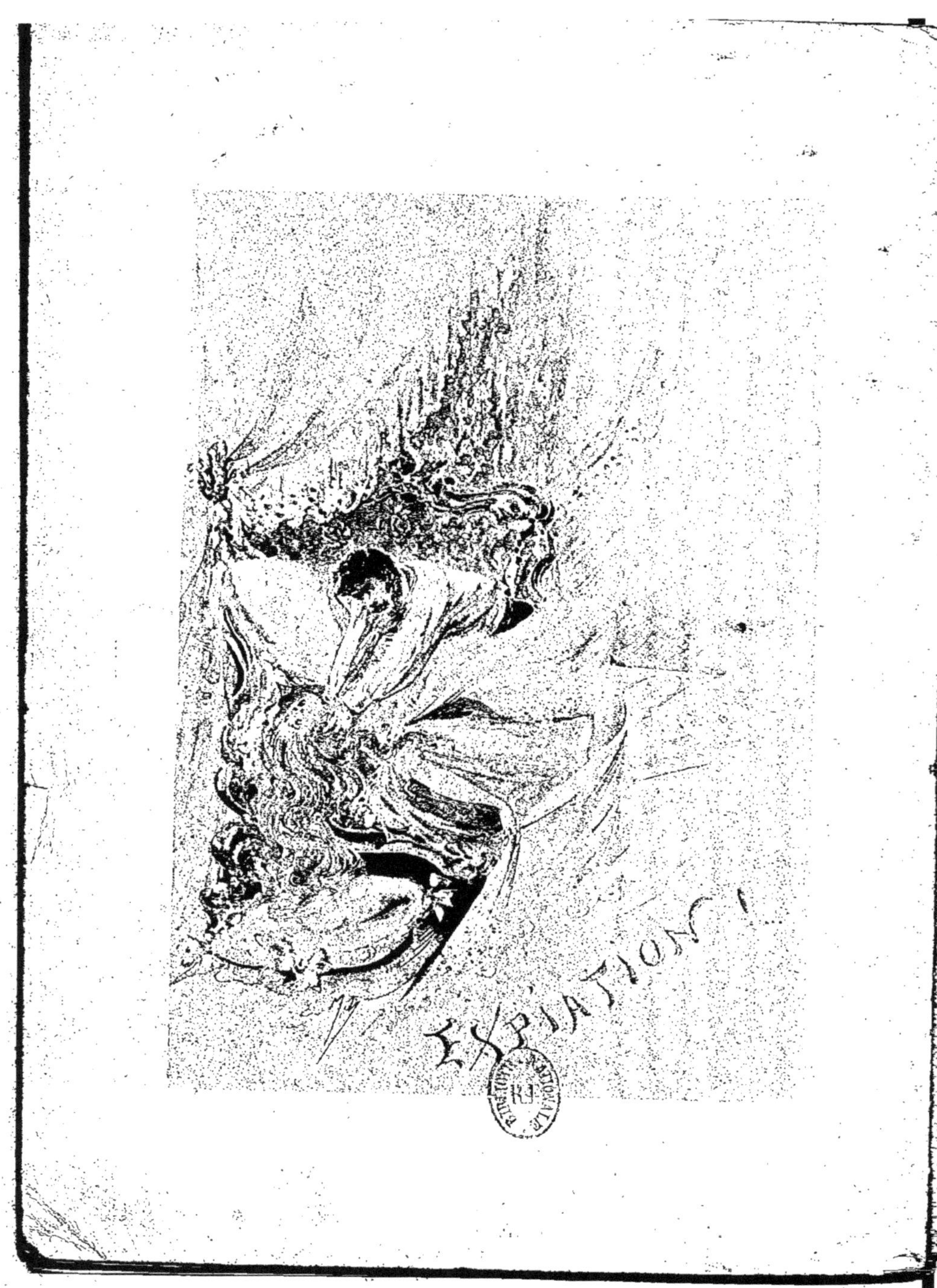

EXPIATION !...